어느 날 내게 붉은 노트가

어느 날 내게 붉은 노트가

안느리즈 에르티에 글 | 정미애 옮김

다림

|차례|

보랏빛 니트 원피스

어디선가 울리는 벨 소리에 고막이 부르르 떨린다. 눈을 뜨려고 안간힘을 써 보지만 소용없다. 꼬마 악동이 내 양쪽 눈꺼풀에 커다란 돌덩이 두 개를 올려놓은 건가. 범인을 색출하려고 손으로 더듬어 본다. 허공을 휙 내젓다가 머리맡 탁자 위를 툭툭 건드린다. 그리고 소음이 멈출 때까지 고약한 자명종을 내리친다. 그제야 나는 회심의 미소를 지으며 몸을 둥글게 말고는 포근한 이불 속으로 파고든다. 주위는 다시 고요해졌다. 5분만 더. 딱 5분만!

잠에서 화들짝 깨어났다. 세상에! 얼마나 더 잔 거지?

어둠 속에서 자명종의 두 바늘이 눈을 부릅뜨고 나를 노려본다. 날 놀리고 있는 것 같다. 7시 30분. *이봐, 꼬마 아가씨! 설마 깨우지 않았다고 투덜거리는 건 아니겠지!*

자리에서 일어난다. 아니, 좀 더 정확히 말해 침대에서 염소처럼 멋지게 폴짝 뛰어내린다. 몇 걸음 내딛다 바닥에 널브러져 있는 청바지에 착지해 발을 넣는다. 성공!

샤워 부스로 달려가 수도꼭지를 돌리자 찬물이 왈칵 쏟아졌다. 깜짝 놀라 한 발 뒤로 물러섰다. 얼음물을 뒤집어쓰고 동태 신세가 될 순 없지!

아무리 시간이 없어도 머리만큼은 정성 들여 감고 매만진다. 아침 식사를 거르는 한이 있어도 어쩔 수 없다. 오늘 점심시간에 연극부 모임이 있기 때문이다. 연극부는 곧 위그를 의미한다. 위그 카르티에 당피에르. 발음할 때 입안에서 울리는 그의 이름이 좋다. 그의 말투며 걸음걸이, 옷 입는 스타일 모두 마음에 든다. 그의 생각과 유머 감각까지도.

내가 연극부에 들어간 것은 순전히 그를 보기 위해서였다. 전략은 아주 간단했다. 멜로 작품의 주제에 대해 밤늦게까지 머리를 맞대고 토론하고, 공연을 앞두고는 주말에도 만나 연습을 하겠지. 그리고 연말 공연에서 남녀 주인공을 맡아 멋진 키스를 하는 거야. 그 느낌이 너무 강렬해 서로에게 끌리는 마음을 감출 수 없을걸.

그런데 말도 안 되는 일이 일어났다. 내가 맡은 역이 〈짐 없는 여행자*〉에 나오는 허름한 옷차림의 하녀라니. 게다가 위그는 그런 나를 선술집 구석에 우두커니 서 있는 옷걸이쯤으로 여기는 것 같다. 이 이야기를 듣고 알렉스는 깔깔거리며 나를 놀려 댔다. 알렉스는 나의 가장 친한 친구다.

* **짐 없는 여행자** 프랑스의 극작가 장 아누이의 작품. 전쟁으로 기억 상실증에 걸린 사나이가 자신의 추악한 과거를 알고 절망에 빠지는 과정을 그리고 있다.

상관없다. 아무래도 좋다. 어떻게든 매력적인 옷걸이로 변신하면 된다. 수건으로 젖은 머리를 둘둘 감싼 채 방으로 뛰어들었다. 서둘러 옷을 입어야 한다. 내가 지나온 마룻바닥에는 물 묻은 발자국이 군데군데 찍혀 있었다.

옷장 거울 앞에 서자, 한 가지 생각이 번뜩 떠오른다. 그래, 오늘은 보라색 니트 원피스를 입어야지. 엄마가 자수정빛이라고 하는 이 빛깔이 내게 잘 어울린다는 것은 나도 알고 있다. 내 혈관에는 네팔의 피가 흐르고 있기 때문이다. 그런데 엄마는 왜 그런지 네팔에 관한 거라면 무조건 거부감을 보인다. 이것이 우리 모녀 사이에 끝없이 이어지는 갈등의 원인이다. 하지만 나는 다르다. 오히려 검은 머리칼에 구릿빛 피부가 마음에 든다. 꽤 많은 여자아이들이 이런 나를 부러워하니까.

"마리, 여태 뭐하고 있어?"

엄마가 내 방문 앞에 서서 물었다. 밤새 병원 복도를 이리저리 뛰어다니며 환자들에게 주사를 놓고, 그들을 위로하고, 병실 구석구석을 청소하느라 지친 얼굴에 놀라는 기색이 역력하다. 평소 같으면 엄마가 병원에서 돌아올 때쯤 나는 이미 학교에 가고 난 뒤였기 때문이다.

엄마는 하품을 하며 소년처럼 짧게 자른 까만 머리칼을 손으로 쓸어 넘겼다. 나는 엄마에게 머리도 길게 기르고, 옷에 조금만 신경 쓰면 남자들이 벌 떼처럼 몰려들 거라고 수백 번도 넘게 말했지만 엄마는 조금도 귀담아듣지 않는다. 혼자 외롭게 지내는 게 좋은 걸까.

잘 모르겠다. 16년 동안이나 혼자였다면 나는 벌써 동반자를 찾았을 것이다. 매일 저녁마다 스파게티를 앞에 놓고 대꾸도 안 해 주는 까탈스런 사춘기 딸만 바라보고 지낼 수는 없지 않은가.

엄마는 어쩌면 나를 임신했을 때 '아빠'에게 버림받는 바람에 남자라는 존재에 대해 환멸을 느꼈을지도 모르겠다.

그렇다. 이 말을 하는 게 가슴 아프긴 하지만 어쨌든 내 혈관에는 엄마의 나라인 네팔의 피와 그 나쁜 남자의 피가 섞여 있다. 그래서 내가 네팔 혈통에 더 집착하는 건지도 모른다. 나머지 반쪽 혈통에는 구역질이 나니 어쩔 수 없다.

"그럼, 난 자러 간다. 서둘러라."

엄마는 나른한 미소를 지으며 말했다.

"예쁘구나. 원피스가 잘 어울려."

엄마의 칭찬에 나도 미소로 답하고, 정오의 데이트를 위해 준비를 서둘렀다. 운이 조금만 따라 준다면 8시 5분 버스는 탈 수 있지 않을까.

나의 뿌리, 네팔

8시 5분 버스인 게 분명하다. 평소처럼 7시 40분 버스를 타면 중간쯤에 여드름투성이 아이가 늘 앉아 있다. 그런데 오늘은 그 자리에 사리*를 입은 여인이 앉아 있다. 버스에 오르자마자 그녀에게 눈길이 갔다. 내 망막에 오렌지 빛이 어른거리더니, 마치 내가 불나방이라도 된 듯 그쪽으로 끌려가는 게 아닌가. 그녀의 맞은편에 마주 보고 앉는다. 그녀의 얼굴과 실루엣, 그리고 향기에 젖어들고 싶었다. 노란 강황 뿌리 색깔의 보드라운 비단 천 자락이 내 손끝에 스치는 느낌이 든다. 인도 어느 지역의 산모들은 출산 후 일주일 동안 이 빛깔의 옷을 입는다고 한다. 내 앞에 앉은 여인은 쉰 살이 넘어 보이니 그건 아니겠고, 어쩌면 아침에 서두르다 손에 잡히는 대로 입고 나온 건지도 모르겠다.

***사리** 인도, 네팔, 파키스탄 등에서 여성들이 입는 민속 의상. 바느질이 안 된 6미터가 넘는 긴 천으로, 입는 방법이나 형태는 카스트, 종교, 지역, 하는 일에 따라 약간씩 다르다. 바느질 자국이 있으면 불경하다고 여긴다.

이국의 향기를 맡으려고 숨을 깊이 들이쉰다. 향이든 연꽃이든, 아사페티다*든 상관없다. 네팔을 떠올릴 때마다 마음 한구석에 늘 석연치 않은 무언가가 남아 있는데도, 이렇게 끌리는 건 어쩔 수가 없다. 고통을 즐기려는 건지도 모르겠다.

엄마에게 네팔 이야기를 들으려고 끊임없이 애썼지만 번번히 실패로 끝났다.

처음에는 "너도 잘 알잖아. 엄마는 여기서 태어난 거. 나한테 네팔은 알래스카만큼이나 낯선 곳이야.", 혹은 "우리가 지금 네팔에 살지 않는 게 다행인 줄 알아. 그곳 사람들은 너무 가난하고, 여자들은 아무 권리도 갖지 못한다고."라고 대답하곤 했다. 때로는 "네 할머니도 프랑스에 첫발을 내딛었을 때 네팔에 대한 기억을 모두 지우기로 결심했다고 했어. 새로운 삶을 원했으니까."라고도 했다.

그러다 차츰 인내심도 바닥나고, 어딘가 아귀가 맞지 않는 변명마저 궁색해졌는지 엄마는 짜증을 내기 시작했다. 그 후로는 내가 네팔 이야기를 꺼내려고만 해도 엄마는 타르처럼 어둡고, 무거운 침묵 속으로 빠져들었다. *마리야, 그 얘기는 전에 다 했잖아. 더 이상 할 말 없어.* 장막이 내려졌다. 대화 끝!

물론 지금은 많이 지치고, 더 이상 희망이 보이지 않기에 네팔에 대한 호기심이 예전보다 수그러든 건 사실이다. 하지만 앞으로도 나

***아사페티다** 아위, 미나리과 식물. 인도의 대표적인 향신료.

의 근원, 뿌리를 송두리째 베일 속에 감춰 버린 엄마를 완전히 이해할 수 없을 것 같다. 내겐 아빠도 없다. 그러니 엄마는 내가 붙들고 살 수 있는 무언가를 보여 줄 책임이 있다. 나 스스로의 존재감을 확인할 수 있는 어떤 것이 필요하다는 사실은 이해해야 한다. 내가 단지 프랑스의 소도시에서 엄마와 단둘이 사는 열여섯 살 소녀만은 아니지 않겠는가.

이따금씩 내 삶이 망가진 털옷같이 느껴질 때가 있다. 여기저기 올이 풀리고, 뜨다 만 그런 털 스웨터 말이다. 집에서는 가족사진 한 장 찾아볼 수 없다. 내 뿌리를 짐작할 만한 어떤 지표도 없다. 책도, 그림도, 양탄자도, 멀고 먼 나라를 떠올릴 만한 장식품 하나 없다. 할아버지, 할머니에게서 전해 들었을 법한 옛이야기, 동요 한 소절, 요리법 하나 남아 있는 게 없다. 물론 할아버지, 할머니도 없다. 두 분 모두 내가 태어나기 전에 돌아가셨다고 했다.

언젠가 엄마 방 서랍장을 뒤지다 사진을 발견한 적이 있다. 딱 한 장뿐이었다. 한쪽 귀퉁이가 찢어진 사진 속에 여자아이가 한없이 슬픈 얼굴을 한 채 서 있었다. 새카만 머리칼하며 엄마와 꼭 빼닮은 모습이었다. 외할머니가 아닐까? 그날 저녁, 다시 용기 내어 엄마에게 물었다. 할머니와 할아버지 얘기를 듣고 싶다고 말이다. 어떤 분들이었는지, 왜 프랑스로 이주했는지 알고 싶다고 했다. 네팔에서는 어떻게 살았는지, 그리고 엄마에게 어떤 것들을 물려주었는지도. 뭐라도 전해 주었을 게 아닌가. 네팔어 몇 마디든, 천 조각이든, 아니면 자장가나 기묘한 신들의 이야기라도…….

그런데 이번만큼은 엄마가 구차한 변명을 늘어놓거나 화제를 돌리려고도 하지 않았다. 엄마와 나 사이에 검은 장막이 쳐졌다. 엄마는 할머니와 할아버지에 대해서는 조금도 할 말이 없다고 딱 잘라 말했다. 내 마음에 들든 말든, 그냥 그렇게 알라고만 했다.

엄마의 단호한 반응이 오히려 궁금증을 키웠다. 도대체 무슨 일이 있었던 걸까? 지금까지도 난 그 답을 듣지 못했다.

생각해 보니 사진을 본 이후부터 내 태도가 달라졌던 것 같다. 화가 나고, 반항하고 싶어졌다. 열세 살 때였으니까. 나한테 아무 말도 하지 않겠다고? 고향이나 뿌리 따위는 상관할 바 없고, 다람쥐 쳇바퀴 돌듯 지하철을 타고 일터에 갔다가 돌아와 잠드는 것이 반복되는 초라한 일상에 만족한다고? 좋아. 어쩔 수 없지! 구멍 난 털 스웨터를 내가 직접 깁는 수밖에. 그때부터 나는 조금이라도 네팔을 떠올리게 하는 거라면 죽기 살기로 매달렸다. 네팔에 관련된 책들을 닥치는 대로 읽었고, 온갖 다큐멘터리도 섭렵했다. 아름다운 거든, 추한 거든 가리지 않았다.

야크 털 스카프를 두르고, 보라색 펀자비*를 즐겨 입었다. 평소 먹는 과일 요구르트에 물을 부어 만든 라씨*를 홀짝거리기도 했다. 방에 가네쉬*가면들과 종이로 만든 램프를 밝히고, 향도 피워 놓고,

* **펀자비** 품이 넉넉한 블라우스, 편안한 천으로 만든 바지가 한 벌로 되어 있는 인도의 전통 의상이다. 주로 미혼 여성들이 입는다.
* **라씨** 요구르트와 물, 소금, 향신료 등을 거품이 생기도록 섞어 만든 인도의 전통 음료.
* **가네쉬** 지혜, 지능, 학문의 신이다. 코끼리 머리에 몸은 사람 형상을 하고 네 개의 팔을 지니고 있다. 풍요와 번영을 가져온다고 믿어 널리 숭배받는다.

목청껏 〈레쌈 삐리리*〉를 불러 댔다. 그러고 나면 기분이 한결 좋아졌는데 무엇보다 그것이 엄마를 당혹스럽게 하는 것임을 알고 있었기 때문이다.

레쌈 삐리리
레쌈 삐리리, 레쌈 삐리리
우레라 자우키 다라마 번장
레쌈 삐리리
우레라 자우키 다라마 번장
레쌈 삐리리.

내 주위에 있는 것들은 하나같이 다 무미건조하고, 못나 보였다. 네팔하고 견줄 만한 게 없었다. 네팔은 왕과 춤추는 무녀, 뱀으로 둔갑한 신, 거인과 마녀 이야기 들로 가득한 신비로운 마법의 나라였다. 내가 꿈꾸는 네팔은 알렉산드라 다비드 닐*의 흥미진진한 탐험 이야기가 살아 숨 쉬는 곳이었다. 그곳은 나를 위한 안식처요, 낙원이었다. 미친듯이 네팔 관련 책들 속에 빠져들었다. 그 책들이 들려

* **레쌈 삐리리** 네팔 전역에 잘 알려진 민요로, 사랑에 대한 노래이다. '레쌈'은 비단 손수건, '삐리리'는 흔든다는 뜻이다. 후렴구를 해석하면 다음과 같다.
나의 마음은 바람에 휘날리는 비단처럼 나부끼네.
이 언덕에서 저 멀리 날아가야 할까, 그대로 머물러 있어야 할까.
* **알렉산드라 다비드 닐** 이방인의 방문을 허용하지 않던 금단의 땅 티베트를 최초로 여행한 유럽인이다. 그녀는 티베트의 수도, 라싸로 들어가기 위해 탁발 순례 중인 시골 노파 행세까지 했다.

주는 하얀 눈으로 뒤덮인 산꼭대기, 눈부신 무지갯빛 성전, 정향과 소두구*의 향내를 상상하며 행복해 했다.

네팔인 90퍼센트가 힌두교를 믿는다고 하니 나는 내가 힌두교도일 거라고 단정했다. 직관보다 통계 자료에 근거해 내린 결론이었다. 힌두교*는 핏줄을 중요시하기 때문에 아무리 자신이 원해도 힌두교로 개종할 수 없다는 사실을 어디선가 읽은 기억이 있다. 오히려 잘된 일이었다. 힌두교가 내 선조의 종교라고 확신하고 있는 터였으니까.

그 후에 난 더는 고기를 입에 대지 않았고, 도통 이해할 수 없는 경전 번역서에 빠져들었다. 비슈누*신을 숭배했다. 신이 혼란스럽기만 한 내 삶을 견뎌 내도록 도와줄 수 있을 것만 같았다.

학교 공부는 완전히 관심 밖으로 밀려났고, 내 머릿속에는 한 가지 생각밖에 없었다. 만으로 열아홉 살이 되는 날, 내 뿌리를 찾아 카트만두로 달려가겠다.

엄마와의 관계는 그야말로 최악으로 치달았다. 얼굴을 맞대고 소리를 지르고, 온갖 험악한 말들이 오갔다. 문도 조용히 닫는 법이 없

***소두구** 생강과 식물의 열매.

***힌두교** 고대 인도에서 발생한 종교. 브라마, 비슈누, 시나 등과 같은 여러 신을 믿는 다신교이다. 힌두교는 인도·네팔인들의 토속 신앙이자 신화이며 삶을 지배하는 양식으로 그들의 삶 자체라고 할 수 있다.

***비슈누** 브라마, 시바와 함께 흔히 힌두교의 3대 신으로 알려져 있다. 비슈누라는 이름은 '이 세상에 널리 퍼지다'라는 의미이다. 그는 우주를 유지하고 보존하는 역할을 하며, 진리를 상징한다. 주로 연꽃 위에 앉아 있는 모습으로 형상화되어 있다.

었다. 모든 게 요동쳤다.

그러다 멈췄다. 그것도 갑자기 한순간에. 어느 날 아침, 눈을 뜨면서 이런 것들이 아무 의미가 없다는 걸 깨달았다. 구리종*과 만트라* 속에 서 있는 내 자신을 더 이상 알 수 없었다. 솔직히 고백하자면 이 모든 것들이 대형 할인매장의 세일 전단지처럼 느껴지면서 시큰둥해졌다. 모든 게 거짓이고, 허황된 꿈처럼 보였다. 내 삶에 가장 중요한 무언가가 빠져 있었다. 나를 단단하게 붙들어 줄 닻, 흔들리지 않는 삶의 의미를 찾아내야 했다.

나는 모든 걸 쓰레기통에 처넣었다. 당장 그날 점심에 알렉스를 불러내 눈물을 뚝뚝 떨구면서 최상급 육질의 스테이크를 먹었다. 그날도 엄마는 내게 아무 말도 하지 않았다.

***구리종** 공물을 바치거나 명상을 할 때 사용하는 예배 종으로, 구리나 동으로 만든다. 나무망치나 나무 막대로 두드려 소리를 낸다.

***만트라** 힌두교도들은 물론 불교도들이 명상할 때 암송하는 주문이나 기도. 만트라는 정신과 육체 모두의 평안을 위해 일련의 소리를 계속 반복해서 암송하도록 되어 있다.

수상한 시선

"자, 내일까지 숙제 제출하는 거 잊지 말고. 알았지!"

물리 선생님이 서류 가방을 정리하며 말했다. 여기저기에서 의자 삐걱대는 소리, 아이들 웅성거리는 소리가 한바탕 일더니 이내 교실이 텅 비어 조용해졌다.

하루 종일 기억할 만한 일이라고는 만년필 잉크를 비운 것이 전부인 지루한 날이 있는가 하면 오늘처럼 모든 게 놀라운 날도 있다.

아침에 화사한 사리를 입은 그 여인을 보는 데 정신이 팔려 학교 앞 정류장을 그냥 지나치고 말았다. 결국 학교까지 다시 돌아오느라 한 블록을 죽자 살자 달려야 했다. 숨을 헐떡거리며 체육관에 겨우 도착했는데, 선생님은 오늘도 결근하셨다고 했다. 참 다행이다. 사소한 것 하나에도 감사하는 마음이 생긴다.

점심시간, 연극부에 들어서자 위그가 나를 바라보았다. 아니, 나를 유심히 쳐다봤다기보다 화분이나 풍경 속의 정물 정도로 본 건 아니라는 말이다. 보랏빛 원피스 효과인가? 그렇다고 매주 화요일마다 똑같은 옷을 입을 순 없는데…….

약간 상기된 얼굴로 알렉스에게 이런 이야기를 하자 그는 무척 재미있어 했다. 왠지 좀 과장하여 웃는 것도 같았다. 설마 알렉스가 날 좋아하는 건 아니겠지?

"뭘 좀 마실래?"

알렉스가 교문을 나서면서 물었다.

"좋지. 그런데 오늘은 집에 빨리 가야 돼. 물리 숙제도 많고, 지난번 물리 시험을 망쳐서 이번엔 잘 봐야 하거든."

우리는 사람들 틈을 비집고 나왔다. 불쾌한 담배 연기 속을 뚫고 지나가야 했는데 오늘처럼 머리에 신경 쓴 날에는 더욱 끔찍하게 느껴졌다.

몇 분 뒤 우리는 카페 문을 열고 안으로 들어섰다. 조지가 언제나처럼 한쪽 팔에 행주를 길게 늘어트린 채 카운터 뒤에서 미소를 짓고 있다. 알렉스와 나는 학교 앞 카페에는 좀처럼 가지 않았다. 그곳엔 방과 후 수다를 떨거나 최신 유행하는 다렐 가방을 뽐내려고 긴 금발을 날리며 모여드는 여자아이들로 늘 북적거린다. 반면 학교에서 세 블록 떨어진, 우리가 아지트로 삼은 이곳은 백포도주 한잔을 홀짝거리며 좀 더 나은 삶을 꿈꾸는 노인들이 즐겨 찾는다. 여기에 일단 발을 들여놓으면 마음이 편안해진다. 학교 앞처럼 요란하지 않고, 어딘가 슬픈 분위기가 배어 있지만 적어도 이곳에는 가짜가 없다. 진짜 삶이 있는 곳이다.

알렉스와 나는 낡은 로또 포스터가 붙어 있는 왼쪽 구석, 우리가 자주 앉던 자리로 간다. 조지가 웃으면서 다가와 나한테는 따뜻한 코코아를, 알렉스에게는 밀크 커피를 가져다준다. 따로 주문할 필요도 없다.

알렉스에게 아침에 본 사리를 입은 여자 얘기를 했다. 인도의 전통 의상인 사리는 조금이라도 구겨지거나 꿰맨 자국이 있으면 부정한 것으로 여긴다는 말까지 덧붙여 설명했다. 알렉스는 내 말을 제대로 듣고 있지 않았다. 그를 나무랄 생각은 없다. 내 얘기가 그다지 흥미롭지 않을 수 있다는 생각이 들었다. 그는 내가 미쳐 날뛰던 사춘기 시절에도 묵묵히 내 이야기를 들어 주던 더없이 좋은 친구다.

"알았어. 그만 얘기할게. 그건 그렇고 탁구 시합 준비는 잘하고 있어? 시합이 이번 주말이지?"

아무 대답이 없다. 탁구 얘기를 살짝만 꺼내도 좀처럼 이야기를 멈추지 못하는 녀석 아닌가.

"야, 알렉스! 왜 그래?"

"가만있어…… 절대 뒤돌아보지 마."

그러니까 알렉스의 태도가 사리 때문이 아니었던 것이다.

"뭐라고?"

"돌아보지 말라고. 내 말대로 해. 할아버지가 구석에 앉아 있다니까."

"그래서? 그게 뭐 어쨌다고?"

그는 두 눈을 가늘게 뜨고 최대한 목소리를 낮춰 말했다. 눈동자까지 소곤대는 것 같았다.

"저 할아버지, 교문 앞에서 봤어. 분명히 어제도 봤어. 켄자가 남자 친구랑 싸울 때 옆에 있었다고. 정말 수상한 사람이야."

나는 한바탕 크게 웃고 싶었다.

"아, 네. 아빠. 걱정 마세요. 저 할아버지가 사탕을 한 움큼 줘도 절대 따라가지 않을게요."

알렉스는 웃지 않았다.

"가만있어. 농담 아니야. 진짜라니까. 저 할아버지 이상해. 완전히 너한테 반한 것 같다니까……."

"아, 그래? 당연하지. 보랏빛 원피스를 입었는데."

나는 치마를 손으로 쓸어내리며 말했다.

"저 노인이 어떻게 널 힐끔거리고 있는지 알면 그런 농담 못할걸."

나는 우쭐한 기분이 드는 동시에 분노가 일었다. 전혀 공통분모가 없어 보이는 두 감정을 동시에 느낀다는 게 이상했다.

나는 한숨을 내쉬고 자리에서 일어섰다.

"좋아, 그럼 잘 보고 있어. 내가 시험해 볼 테니. 화장실에 가는 척할게. 너의 음란한 상상이 맞는지 확인해 봐야겠어."

나는 카페 안을 반쯤 돌아서 화장실 쪽으로 갔다. 문제의 노인 앞에는 홍차 한 잔이 놓여 있었다. 여기서 홍차를 주문하는 손님은 본 적이 없는데. 빨간 스웨터 차림이 꽤 말끔해 보였다. 예순다섯이나 일흔 살쯤 되었을까. 노인 앞을 지나칠 때 그가 갑자기 찻잔 속에 넣은 설탕 조각을 뚫어지게 바라보는 척했지만 나를 이상하게 주시하고 있다는 느낌이 들었다.

원피스 때문이 아닐 수도 있었다. 인도계 소녀에게 집착하는 정신 이상자인가? 웩! 구역질이 났다. 겉보기엔 신사 같은데…….

알렉스와 나는 부리나케 카페를 빠져나왔다. 등 뒤로 이상한 노인의 끈적끈적한 시선을 받으며 코코아를 마시고 싶진 않았다.

빨간 스웨터를 입은 노인

특별한 일 없이 빈둥거리며 일주일이 지나갔다. 물리 시험은 그럭저럭 넘어갔다. 엄마한테 잔소리를 듣지 않은 것만으로도 다행이었다. 하긴 엄마와는 고작 몇 번 마주친 게 전부였다. 일요일 내내 침대에서 뒹굴거리며 다프네 뒤 모리에의 책을 읽었고, 뒤척거리다 이런저런 꿈도 꿨다.

한가로운 시간은 오래가지 않았다.

결국 알렉스의 예감이 맞았다. 교문을 막 나서는데, 빨간 스웨터를 입은 노인이 길 건너편에서 나를 바라보며 서 있었다. 나를 보고 있는지는 확신할 수 없지만 그의 얼굴이 분명 내 쪽을 향하고 있었다. 학교 앞에서 세 번, 카페에서 한 번. 우연치고는 좀 지나치다. 도대체 누구지? 나한테 뭘 원하는 거지? 그냥 도망칠까, 아니면 길을 건너가 뺨이라도 한 대 올려붙일까 잠시 머뭇거렸다. 물론 내가 모르는 사람 뺨을, 그것도 나이 든 어른의 뺨을 때리지는 못하겠지만.

뭔가 떠오르는 게 있지 않을까 기대하면서 그의 얼굴을 찬찬히 뜯

어보았다. 얼굴 생김새, 머리 모양, 체격 등을 유심히 살폈지만 별다른 점이 없었다.

그러다 번쩍 떠오른 생각이 있었다. 피가 순식간에 얼어붙는 것 같았다. 설마 아빠는 아니겠지……? 엄마가 고등학생 때 아빠를 만났다고 해서 막연히 아빠가 엄마와 같은 또래일 거라고 생각했다. 하지만 엄마의 선생님이었을 수도 있지 않은가!

나는 당장이라도 길을 건너고 싶었다. 그가 엄마를 버리고 도망간 남자인지 알고 싶었다. 엄마 혼자 힘들게 날 키우도록 만든 장본인인지 확인하고 싶었다. *지금 나타나서 뭐하자는 거지? 잃어버린 걸 되찾고, 날 혼자 내버려 둔 세월을 몽땅 지울 수 있다고 생각하는 거야? 착각하지 말라고. 절대 그럴 순 없어. 내가 받은 고통을 다 돌려주고 말거야. 두고 봐!*

"흠, 흠…… 안녕, 마리."

나는 흠칫 놀라 뒤를 돌아보았다.

세상에! 내가 지금 꿈을 꾸고 있는 건 아니겠지.

위그, 위그 카르티에 당피에르가 내 앞에 서 있었다. 밤색 가죽 점퍼 차림에, 세상의 모든 여학생을 설레게 할 그런 눈을 가진 그가 내게 말을 걸다니…….

"어, 미안. 나 때문에 놀랐어?"

나는 세 번이나 아니라고 힘줘 말했다. 내 얼굴은 분명 인도 신부의 드레스처럼 새빨갛게 달아올랐을 거다.

그가 물었다.

"음…… 괜찮아?"

"응."

"그게…… 오늘, 널 유심히 봤는데…… 그게…… 네가 맡은 역할 말이야…… 잘 어울리는 것 같아."

내 역할? 머릿속이 하얘졌다. 그런 내 모습이 바보 같았을 게 분명하다. 그는 내 대답을 기다리고 있었다. 하지만 아무 말도 할 수 없었다. 그러자 그가 다시 물었다.

"그러니까…… 연극부 계속할 거지? 내년에도 말이야."

아, 맞다. 연극 얘기를 하던 중이었지. 왜 이렇게 바보같이 구는 거야!

"아, 그래! 그게…… 그럼. 맘에 들어. 계속할 거야!"

그가 미소를 짓고 있다.

"그래. 나도 계속하려고."

이럴 땐 무슨 말을 해야 하는 걸까. 절단기로도 자르지 못할 것 같은 단단한 침묵이 흘렀다. 어깨에 가방을 둘러매며 그가 말했다.

"가 봐야겠다. 다음에 보자!"

"그래."

나는 그 자리에 못 박힌 듯이 서 있었다. 하지만 내 마음은 활화산처럼 불타올랐다.

위그 카르티에 당피에르가 나한테 말을 걸다니. 연기를 잘한다고 칭찬까지 하고 말이야. 그래, 그러니까 하녀 역이 날 위해 존재했던 게 맞아.

나는 비타민 C 열 개를 삼킨 것 같았다. 등에 통나무를 매달고 학교 운동장 세 바퀴를 돌고도 기운이 남아돌 것 같았다. 그래도 진정하기 힘들 것이다. 예전 같았으면 당장 사랑의 신, 카마에게 달려가 감사의 예배를 드렸을 텐데. 오색 꽃이 달린 화살을 꽂아 준 신에게 엎드려 절했을 텐데.

알렉스가 나를 보더니 깔깔거렸다. 넋을 놓고 있는 내 표정이 바보 같았나 보다.

"무슨 일이야?"

나는 팔짝 뛰어 그의 목을 끌어안았다. 근처에 위그가 없다는 걸 확인한 뒤 조금 전 이야기를 털어놓았다.

"절대 짐작도 못할걸."

"말해 봐! 무슨 일인데?"

"위그 카르티에 당피에르가 나한테 말을 걸었다니까!"

그러자 그는 입에 테이프라도 붙인 듯 입을 꾹 다물었다. 눈은 인도의 제물 쟁반만큼이나 동그래졌다.

"정말이야? 뭐라고 했는데?"

"여기 서서 카페에서 봤던 할아버지를 지켜보고 있었거든……."

세상에, 그 할아버지! 새까맣게 잊고 있었다. 재빨리 뒤를 돌아보았지만 그는 이미 사라지고 없었다.

나는 소리를 질렀다.

"말도 안 돼! 도망쳤어!"

"누구 말이야?"

입 밖으로 아무 말이나 마구 튀어나왔다.

"그 남자. 카페에서 빨간 스웨터 입고 있던 그 노인! 화요일에 본 그 이상한 할아버지가 저기 있었다니까. 바로 내 앞에. 내 쪽을 힐끔거리고 있었다고."

나는 겨우 숨을 고르고 풀 죽은 목소리로 말했다.

"알렉스…… 그 남자가…… 우리 아빠면 어쩌지?"

노인의 정체

나는 버스에서 내려 어둑해지는 거리를 걷기 시작했다. 안개비가 부슬부슬 내리고 있었다. 털 코트에 달린 모자를 뒤집어쓰고, 두 손은 외투 주머니에 찔러 넣었다. 인도 위로 장화가 철벅거리는 소리가 멀리까지 울려 퍼졌다. 어두운 밤 외에는 그 누구도 주인으로 섬기지 않을 것 같은 비쩍 마른 고양이 한 마리가 가르랑거리며 쓰레기통을 뒤지고 있었다.

하지만 나는 어둠 속에서도 활짝 웃었다. 왜냐하면 우중충한 겨울, 늦은 오후에는 찾아볼 수 없는 환한 빛과 온기, 그리고 경쾌함이 모두 내 안에 들어 있었기 때문이다. 위그 카르티에 당피에르 덕분이었다.

아주 잠시였지만, 빨간 스웨터를 입은 노인이 새롭게 찾아온 이 행복을 망쳐 버릴지 모른다는 생각에 두려워졌다. 그런데 다행히 이 번만큼은 알렉스가 나보다 훨씬 이성적이었다. 그와 얘기를 나누고 난 뒤 마음이 한결 가벼워졌다. 알렉스는 그 노인이 다시 학교 주위를 배회하는 걸 목격하면 다가가 말을 걸라고 충고했다. 그게 이 사건을 가장 간단하게 매듭짓는 방법이라면서. 어쨌든 무슨 일인지는 알게 될 테니까.

우리는 지뢰를 제거하기 위한 가상 시나리오를 써 보았다. 물론 각각의 경우에 적절한 공격 전술과 함께.

*최악의 시나리오*는 그가 정신 이상자일 경우다. 그럴 경우, 학교 앞에서 이미 사진을 찍었다고 하고, 당장 경찰에 신고하겠다고 강하게 밀고 나가야 한다. 조금도 겁낼 필요 없다. 게다가 방과 후엔 아이들이 우르르 몰려나오기 때문에 위험하지 않을 것이다.

*최상의 시나리오*는 다음과 같다.

그는 전혀 나와 상관이 없는 사람으로, 그저 어떤 선생님의 아버지이거나 학생의 할아버지, 뭐 어쨌든 그런 경우다. 화가이거나 작가 혹은 요즘 청소년에 대해 연구하는 사회학자일 수도 있다. 그렇다면 나는 완전 바보가 되겠지. 그래도 걱정거리를 털어 낼 수 있으니 최악의 시나리오보다는 훨씬 마음에 든다.

*지진과 견줄 만한 충격적인 시나리오*는 그가 우리 아빠라는 거다. 진짜 아빠. 그러면 어쩌지……. 아무 생각이 나지 않는다. 그냥 즉흥적으로 대응할 수밖에. 한 가지 확실한 건 내 취향이 월트 디즈니 류보다 타란티노* 스타일 쪽이라는 게 문제다.

***타란티노** 미국의 유명한 영화감독. 대표작으로 〈펄프 픽션〉 〈거친 녀석들〉 〈킬 빌〉 등이 있다. 박찬욱 감독의 영화 〈올드보이〉처럼 복수를 주제로 한 영화가 많다.

길을 걸으면서 온갖 상상의 나래를 펼쳐 보았다. 머릿속은 위그 생각뿐이었다. 일주일이 후다닥 지나가고, 다음 화요일이 빨리 돌아왔으면 좋겠다. 갑자기 하찮게 보이던 것들이 특별한 의미를 띠기 시작했다. 정말 신기하다. 이제 내게 화요일은 더 이상 월요일 다음에 어김없이 오는 평범한 날이 아니다. 초조하게 기다리다 가네쉬 신의 축복을 받은 날, 연꽃이 활짝 피는 날이다.

오른쪽으로 돌아 자동차 헤드라이트 불빛과 요란하게 시동을 거는 소리, 고장 난 카트가 덜컹거리는 소리를 뚫고 할인 매장 주차장을 가로질러 걸어갔다. 몇 년이나 이곳을 다닌 끝에 발견한 지름길이었다.

주차장 반대편으로 난 계단에 이르자 소리와 불빛이 점차 멀어지기 시작했다. 몇 주 전부터 가로등마저 고장 나 있었다. 이런 건 바로바로 고쳐 주면 좋을 텐데.

느낌이 이상했다. 계단을 내려가는데 왠지 불안했다. 발걸음이 좀처럼 가벼워지지 않았다. 낯선 느낌에 마음이 무겁고, 두려웠다.

누가 날 따라오나……?

심장이 마구 쿵쾅거렸다. 발걸음이 빨라졌다. 철벅거리는 장화 소리가 날카롭게 들렸다. 고개를 두리번거리며 주위를 살폈다. 두 눈은 최대한 크게 떴다. 그렇게 하면 어둠 속에서도 앞이 보일 것처럼.

왼쪽에서 무슨 소리가 들렸다. 나는 화들짝 놀라 그 자리에서 펄쩍 뛰어올랐다. 이번에는 정말 끝장이다. 정신 나간 남자가 수풀 더미에서 튀어나와 나를 덮치고, 곰팡이 핀 지하실 구석에 내던져 버리면 어떡하지.

범인은 비둘기였다. 멍청한 비둘기 때문에 심장 마비에 걸릴 뻔했다. 그렇다고 안심할 수는 없었다. 어쩌면 이 소리가 수풀에서 나는 게 아닐지도 모르겠다. 등 뒤에서 나는 건가? 나는 초조하게 발걸음을 옮기면서 뒤를 돌아보았다. 아무도 없었다. 상황을 되도록 객관적으로 판단하려고 애썼다. *여긴 매일 저녁 지나가는 곳이야. 그동안 아무 일도 없었잖아. 조금 더 가면 사람들이 있을 거야.* 마트에 다정하게 장을 보러 온 가족들도 볼 수 있고, 유모차를 미는 여자를 만날 수도 있다. 그렇지. 유모차하고 하품하는 아기라. 더 바랄 게 없겠다.

다시 뒤를 돌아다보았다. 그 남자였다. 10미터 정도 떨어진 계단 아래쪽에 그가 서 있었다.

빨간 스웨터를 입은 그 노인 말이다. 의심할 것도 없이 그는 나를 기다리고 있었다. 조금 떨어진 주차장의 희미한 불빛 때문인지 생각보다 나이 들어 보이지 않았다. 키도 크고, 몸집도 꽤 건장해 보였다. 심장 박동이 다시 빨라지기 시작했다. 다급하게 주위를 둘러보았다. 이 시간에 여기를 지나는 사람이 한 명도 없다니!

나는 걸음을 재촉했다.

"얘야, 잠깐만!"

목소리의 울림에 깜짝 놀랐다. 날카롭고 불쾌한 소리였다. 나는 정신없이 달리기 시작했다.

그러다 뒤를 돌아보았다. 그도 따라 뛰어오는 것 같았다. 드디어 불빛이 환한 집 가까이에 도착했다. 즐비하게 늘어선 작은 상점과 자동차가 갑자기 친근하게 느껴졌다. 거친 파도를 헤치고 해안가에 닿은 기분이랄까. 몇 미터를 더 달리다 속도를 늦추고 숨을 가라앉히려고 애썼다.

불빛이며 소리까지 친숙한 동네로 들어서자 안심이 되었다. 조금 전 알렉스와 나눈 말들이 떠올라 환하게 불을 밝힌 약국 앞에 우뚝 멈춰 섰다. 그래, 기다리자. 아무 일도 일어나지 않을 거야. 지금, 여기서 모든 걸 끝내자.

길모퉁이에서 빨간 스웨터의 노인이 불쑥 나타났다. 그는 먼저 주위를 둘러보다 나를 응시했다. 순간 두 눈이 마주쳤다. 마치 내게 가까이 다가와도 좋다는 허락을 받으려는 듯 주춤거렸다. 내가 그를 뚫어지게 바라보자 그가 내 쪽으로 걸어왔다. 가로등 불빛에 비친 모습이 그다지 험상궂어 보이진 않았다. 그렇게 건장한 체격도 아니었다.

그가 누구인지, 내게 뭘 원하는지를 몰라 바싹 긴장해서 그렇지, 안 그랬다면 조금 전에 상상했던 공포 영화 장면들이 어처구니없어서 낄낄거렸을 것이다.

하지만 그와 지척으로 가까워진 이 시점에, 내 머릿속에 떠오른 건 딱 한 가지였다. 그가 만일 우리 아빠라면 내 삶은 한순간에 180도 달라질 것이라는 점이다.

약 2미터 정도로 거리가 좁혀지자 그가 멈춰 섰다. 우리는 서로의 눈을 똑바로 바라보며 약국 간판 아래에 서 있었다.

나는 아무 말도 하지 않았다. 꼼짝도 하지 않았다.

그런데 그가 나를 보며 미소를 짓는 게 아닌가.

내게 미소를 짓다니! 그것도 얼굴 가득 온화함을 머금은 그런 미소를. 그에 대해 지나치게 호의적인 생각이 드는 게 화가 날 정도였다. 그는 조금 전의 날카로운 목소리와는 완전히 다른 목소리로 말했다.

"많이 닮았구나."

아! 세상에. 말도 안 돼. 내 생각이 옳았어. 아빠였어. 바보 같은 아빠. 내 안에서 아주 거센 풍랑이 일었다. 쏟아 낼 말이 너무 많았다. 그에게 비난을 마구 퍼붓고 싶었다. 지금까지 견뎌야 했던 슬픔과 좌절감이 거침없이 터져 나올 것만 같았다.

"널 찾게 되어 얼마나 기쁜지 모른단다."

"전 전혀 아니거든요."

그를 차가운 눈빛으로 쏘아보았다.

"그건 그렇고, 어떻게 그쪽이 찾는 사람이 저라는 걸 확신하시죠?"

그는 어딘가 반은 흥미롭고, 반은 감동하는 표정을 지어 보였다. 그 모습이 역겨웠다.

"의심할 여지도 없어. 사자니를 그대로 빼닮아서 바로 알아보겠더구나."

사자니? 그게 누구지? 네팔 이름이라는 건 안다. '내 사랑'을 의미한다는 것도. 하지만 도대체 누구를 얘기하는 건지 알 수 없었다. 그런 이름을 가진 여자아이를 만난 적이 있는지 기억을 더듬어 보았다. 네팔 문화원에서 만났나? 사자니, 사자니. 아무것도 떠오르지 않았다. 당황스러웠다. 그가 우리 아빠라는 확신이 서지 않았다.

나는 매몰차게 대답했다.

"저는 사자니를 몰라요. 사람을 잘못 보신 것 같아요. 그러니 그만 따라오세요. 학교 앞에서 서성이지도 마세요. 안 그러면 경찰에 신고할 거예요."

나는 돌아서서 여전히 내 안에 쌓여 있는 분노를 삭이지 못한 채 터벅터벅 걷기 시작했다. 좀처럼 화가 가라앉지 않았다. 사실, 속으로는 그가 우리 아빠가 아닌 것이 못내 원망스러웠다.

"잠깐만!"

그가 팔꿈치를 붙드는 걸 거칠게 뿌리쳤다. 도대체 왜 이러는 거지? 날 잡다니 말도 안 돼!

"마리, 오랫동안 널 찾아다녔단다. 제발 말할 기회를 주렴."

그의 입에서 내 이름이 튀어나오자, 수없이 많은 바늘이 발끝을 찌르는 것 같았다. 그러니까 그가 찾는 사람은 내가 맞았다.

"제게 뭘 원하세요? 대체 누구세요?"

나는 그가 내민 손을 외면했다.

"내 이름은 장 카르테레란다. 네 외할머니와 결혼했지."

"할아버지와 할머니는 제가 태어나기도 전에 돌아가셨어요."

나를 바라보는 그의 눈빛이 왠지 고통스러워 보였다.

"다훼가 그렇게 말해 줬니?"

그래, 더는 참을 수 없다. 이 엉터리 대화를 여기서 끝내야겠다.

"도대체 무슨 말씀이세요? 하나도 못 알아듣겠어요. 다훼가 누구죠?"

"네 엄마란다."

말도 안 되는 소리.

"우리 엄마 이름은 안느예요."

그는 가만히 슬픈 미소를 지어 보였다.

"네 엄마는 네팔 이름을 받아들이려 하지 않았지. 다훼는 네 외할머니가 지어 준 이름이야. '달빛'이라는 뜻이지."

나는 그가 있는 쪽을 보고 있었지만 시야에 아무것도 들어오지 않았다. 머릿속이 뒤죽박죽이었다.

"거짓말 마세요. 왜 아무렇게나 지어서 말하세요?"

나는 있는 힘을 다해 지지 않으려고 소리쳤다.

"전부 다 헛소리예요. 그런 말들로 절 어떻게 해볼 생각이라면 헛짚으셨다고요. 시간 낭비 마세요. 무슨 말씀인지 하나도 못 알아듣겠으니까요."

그는 머리를 천천히 가로저었다.

"마리야, 결코 네게 상처 주려는 게 아니란다. 날 믿어 주렴. 네팔에서 네 외할머니를 만났고 함께 프랑스에 왔단다. 이걸 좀 보겠니?"

그는 주머니에서 누렇게 바랜 낡은 사진 한 장을 꺼내 내밀었다. 사진 속에 그가 서 있었다. 곳곳에 물웅덩이가 패여 있는 거리에서 꼬마들이 까르르 웃고 있었다. 그 길 위에서 그가 밝게 미소 짓고 있었다. 그의 곁엔 슬픈 눈을 한 소녀가 다소곳이 서 있었다. 엄마의 서랍장에서 본 사진과 똑같은 것이었다.

내 앞으로 깊은 심연이 나타났다. 심장이 그렇게 빠르게 뛴 적은 한 번도 없었다. 내게 없는 가족에 대해 늘 알고 싶어 했는데. 오랫동안 바라던 것이 눈앞에서 펼쳐지고 있었다. 전혀 상상하지 못한 방식으로.

나는 숨을 고르고, 기어들어 가는 목소리로 물었다.

"그럼, 제 할아버지인가요?"

그는 사진을 주머니에 넣으며 시무룩한 표정으로 나를 보았다.

"그건 아니란다. 생물학적 의미에선 아니라는 거지. 사자니를 만났을 때 그녀는 이미 임신 중이었으니까. 네 엄마인 다훼를 말이야."

"안느예요."

"그래, 안느. 네가 원한다면 안느라고 부르마."

수없이 많은 질문들이 내 머릿속을 휘젓고 있었다. 그러다 나도 모르게 불쑥 질문이 입에서 튀어나왔다.

"어떻게 저를 찾으셨죠?"

"그 전에 할 말이 많지만 널 찾는 게 결코 쉽지 않았다는 말은 꼭 하고 싶구나. 네 엄마는 집을 떠난 뒤에 우리한테 소식 한 번 주지 않았으니까."

그의 말이 머릿속에 메아리처럼 울려 퍼졌다. 엄마가 소식 한 번 주지 않았다고……. 그는 마치 내가 알지 못하는 누군가에 대해 얘기하고 있는 것 같았다. 자신의 과거를 감추려 했다는 그 여자는 누구지? 심지어 자기 딸한테까지? 우리 할아버지, 할머니라는 사람들은 왜 그 오랜 시간 동안 내가 있다는 것조차 몰랐던 거지? 불개미 떼가 다리를 타고 기어오르는 것처럼 화가 치밀어 올랐다.

"그런데 지금 와서 뭘 원하시는 거죠? 16년 동안이나 나한테 관심도 없다가 어느 날 아침 갑자기 '자, 오늘 마트에 갔다가 손녀딸 인생에 한번 들어가 볼까?'라며 나선 건가요? 그건 그렇고 도대체 내가 있다는 건 어떻게 아셨죠?"

"몰랐지. 막연히 그러길 바랐을 뿐이란다."

그는 로크타* 종이로 감싼 붉은색 노트를 내밀었다.

"자, 이걸 읽어 보렴."

그가 두 눈을 지그시 감았다. 나는 그게 뭘 의미하는지 몰라 그를 빤히 바라보았다.

"사자니가 몇 달 전에 세상을 떠났단다. 암이었지. 사자니는 만일 손녀나 손자가 있다면 자신의 뿌리를 알고 싶어 할 거라고 생각했지. 그리고 사자니 자신이 누군가의 기억 속에 살아 있기를 간절히 바란 거야. 마치…… 진짜 가족처럼 말이야."

나는 노트 첫 장을 넘겨 보았다. 갈색 바탕에 작고 가지런한 글씨로 이렇게 적혀 있었다.

***로크타** 히말라야 동쪽에 서식하는 로크타 나무의 껍질을 벗겨 전통적인 방법으로 만든 네팔의 종이. 질감이 매우 부드럽다.

내 이름은 사자니 샤카야*. 카트만두의 열두 번째 쿠마리*다. 나는 영원히 쿠마리로 남을 것이다.

***샤카야** 네와르족에 속하는 계급. 보통 부처님이라고 부르는 석가모니는 '샤카(석가)'족의 '성자'를 뜻한다.

***쿠마리** 고대 힌두여신 '탈레주'의 화신으로 여겨지는 소녀이다. 쿠마리가 되면 여신으로 추앙받으며 살지만 어린 나이에 부모를 떠나 사원 안에서 지내야 하며 특별한 종교 행사 때를 제외하고는 사원 밖으로 나갈 수 없다. 또한 17세기의 전통에 따라 살아 있는 여신인 쿠마리는 초경을 하면 자격을 박탈당하고 사원 밖으로 쫓겨난다.

붉은 노트

검은 장막에 휩싸인 듯한 11월 어느 날 밤. 도시 근교 작은 동네의 평범한 약국 앞에서 외할머니가 카트만두의 열두 번째 쿠마리였다는 사실을 알게 되었다. 그것도 한 시간 전까지 존재 자체도 몰랐던 할아버지의 입을 통해서 말이다.

언젠가 읽었던 쿠마리 관련 기사들이 갑자기 떠올랐다. 불교*, 힌두교 신도들이 여신의 화신으로 숭앙하는 어린 소녀들. 소녀들은 초경을 하기 전까지 숭고한 기운이 깃든 비밀스러운 사원 안에서 모든 이의 사랑을 받고 경외의 대상이 되어, 철저하게 보호를 받는다. 그걸로 끝이다. 기초 교육조차 받지 못하고 쿠마리 이후의 삶을 살아가는 데 필요한 어떤 것도 배우지 못한 채 새로운 쿠마리가 간택되면 대체되어 버려진다. *잔혹한 현실 세계에 오신 것을 환영합니다.*

***불교** 기원전 6세기경 인도의 석가모니가 창시한 후 동양 여러 나라에 전파된 종교.

나는 장 할아버지를 아무 데나 눈에 띄는 곳으로 이끌었다. 장소는 중요하지 않았다. 둘이 앉아서 이야기를 나눌 수 있는 곳이면 충분했다. 할아버지가 사라지기 전에 들어야 했다. 16년 만에 처음으로 내가 어디서 왔는지, 지금의 나를 존재하게 한 사람들이 누군지 알 수 있는 기회가 찾아왔다. 이 기회를 놓칠 순 없었다. 외할머니가 쿠마리였다니. 그렇게 특별한 존재였다니. 한 번도 내가 여신의 후손일 거라고 상상해 보지 못했다. 상상을 초월하는 것이었다. 우리는 빨래방의 긴 의자에 형광등 불빛을 받으며 앉았다. 나는 소중한 비밀이 담긴 붉은 노트를 두 손으로 꼭 끌어안았다.

장 할아버지는 나를 보고 빙그레 웃었다.

"너와의 만남을 수없이 상상했단다. 무슨 말을 할까 생각도 해 두었는데. 그런데 막상 이렇게 마주하니, 어떤 얘기부터 해야 할지 잘 모르겠구나."

그는 벽시계를 힐끗 올려다보았다.

"엄마가 걱정하지 않니? 집에 가야 할 시간이 지났는데."

"아니에요. 엄마는 오늘 야간 근무를 하시거든요. 저녁 6시 30분에 집에서 나가시는데, 가끔 제가 그 시간까지 못 들어갈 때도 있어요."

그는 슬쩍 눈썹을 찡그렸다. 그가 뭘 상상하는지 알 것 같았다.

"간호사예요, 화상 전문 병원에서 일하세요."

나는 붉은 노트를 내밀었다.

"이게 사자니 할머니가 쓰신 일기인가요?"

"그런 셈이지. 다른 쿠마리들처럼 사자니도 학교 교육을 받지 못했단다. 여신은 책을 읽거나 글을 쓰는 방법을 배울 필요가 없었지. 나중에 내가 글을 가르쳐 주긴 했지만 자기 생각을 글로 옮길 만큼 충분히 배우진 못했단다. 어쨌든 네팔에서 겪은 일들을 모두 털어놓고 싶어 했지. 그러니까 이 증언은 사자니와 나, 둘이 함께 해낸 거란다. 그녀가 얘기하고 내가 받아 적었어. 내가 모르는 것들은 자료를 찾아 보완했고."

"네팔어를 할 줄 아세요?"

그가 고개를 끄덕였다. 나는 깜짝 놀랐다. 여기 사람들 중에 네팔어를 아는 사람은 극히 드물었다. 게다가 쓸 줄 아는 사람은 거의 찾아볼 수 없었다. 데바나가리* 문자는 프랑스어나 영어 알파벳과는 완전히 다른 상징들로 이루어졌는데, 그걸 알아보는 것만도 꽤 어려운 일이었다. 나도 파란만장했던 사춘기 때 네팔어를 배우려고 해봤기 때문에 잘 알고 있었다.

"그런데 어떻게…… 그러니까 제 말은, 네팔 사람 같지 않은데 어떻게…… 네팔어 선생님이신가요? 아니면 민속학자 뭐 그런 거예요?"

"아니, 난 그저 네팔을 사랑했을 뿐이란다. 그건 지금도 마찬가지고. 아주 오래전, 열여섯 살인가 열일곱 살 때였을 거야. 네팔에 관한 여행 책자를 선물로 받았는데, 내겐 충격적인 사건이었지. 일종

* **데바나가리** 산스크리트어를 표기한 문자.

의 계시 같은 느낌이랄까? 스무 살 생일 파티를 하고 이틀 뒤, 네팔로 날아갔지. 그러고는 12년 동안 그곳에서 살았어."

"거기서 사자니 할머니를 만나신 건가요?"

"그래 맞아."

"어떻게요?"

아주 잠깐 그의 눈가에 그늘이 졌다. 불안해하는 것도 같고 머뭇거리는 듯도 했다.

"카트만두에 도착하기 전에 마하칼리에서 사가르마타까지 네팔의 구석구석을 몇 년 동안 유랑했단다. 카트만두에서는 몇 루피 안 되는 달밧*을 노점에서 팔았지. 사자니는 그걸 사러 자주 왔단다. 그게 그러니까…… 렌즈콩*하고 쌀로 만든 건데……."

"알아요. 저도 한때는 네팔에 관심이 꽤 많았으니까요."

그는 양손을 벨벳 바지에 비벼 댔다. 그의 눈동자가 빛났다.

"사자니가 이 사실을 알았다면 정말 기뻐했을 텐데. 네 엄마는 네팔에 관해서라면 구닥다리 물건 보듯 무시했거든. 그런데 손녀인 네가 고국에 관심이 있었다는 걸 알았다면 무척 좋아했을 거야."

"할머니가 그 달밧을 사셨다는 거죠?"

"그렇지. 그녀의 얼굴은 아주 기묘해 보였단다. 그래선지 만날 때마다 그녀가 누구인지 궁금했지."

*** 달밧** 네팔을 대표하는 전통 음식이다. 쌀밥에 콩 수프, 채소 절임이나 무침, 카레 등을 곁들여 하루 두 번, 오전 11시와 오후 5시에 수저를 사용하지 않고 오른손으로 먹는다.

*** 렌즈콩** 단백질이 풍부하여 아주 먼 옛날부터 식량으로 심어 오던 식물 중 하나.

사진에서 본 소녀의 얼굴이 떠올랐다. 서글픈 두 눈에 알 수 없는 표정을 짓고 있던 소녀.

"그게 언제였는데요?"

"1972년. 그녀가 스무 살 때였지. 나는 서른 살이었고. 네팔의 비르 비크람 샤 데브 비렌드라 왕이 권좌에 오르고 난 직후였으니까. 군주제가 막 몰락하기 시작하던 무렵 말이다."

"그런데 왜 프랑스로 돌아오셨죠? 저라면 그곳에서 계속 살았을 텐데."

나는 거리 쪽으로 시선을 돌리며 말했다. 곳곳에 나붙은 속물적인 광고 전단지들이 눈살을 찌푸리게 했고, 그 사이로 무표정한 얼굴의 행인들이 빠르게 지나가고 있었다. 그들은 서로 눈조차 마주치지 않으려고 했다. 길가 곳곳에 기름에 전 케밥 포장지들이 나뒹굴었다. 이 우중충한 도시를 하늘로 피어오르는 향 냄새와 바람에 나부끼는 사원의 깃발들로 가득한 성전이 있는 영광의 도시, 카트만두와 비교할 순 없지 않은가.

"여기에서 더 좋은 것을 찾으신 건가요?"

할아버지는 내 말에 동의한다는 듯 고개를 끄덕였다. 만난 지 겨우 한 시간밖에 되지 않았는데, 둘 다 같은 생각을 공유하고 있다는 느낌이 들었다. 나 역시 나를 전혀 닮지 않은 나라에서 태어났고, 네팔을 깊이 사랑했다.

고단해 보이는 그의 주름진 얼굴과 맑고 깊은 눈을 바라보았다. 그러면서 그가 그곳에서 보았을 것들을 떠올렸다. 하늘과 맞닿은 높은 산, 끝없이 이어지는 계단식 논, 진달래 숲, 활기 넘치는 좁은 골목길, 인력거*와 신성한 소들…….

"그 무렵은 정치적으로 긴장 상태가 계속되던 때였어. 게다가 그곳에는 그녀가 잊어야 할 것들도 너무 많았고. 그래서 사자니를 위해 떠나는 게 낫겠다고 생각했지."

그가 붉은 노트를 가리켰다.

"그걸 읽으면 이해할 수 있을 거야. 물론 네가 원해야겠지만."

나도 모르게 웃음이 비어져 나올 것 같았다.

"제가 이 노트를 곰팡이 피도록 침대 구석에 처박아 둔다면요? 그럼 절 찾으려고 고생한 게 모두 헛수고가 될 텐데요?"

그는 내 눈을 뚫어지게 바라보았다.

"알아. 그런데 때로는 받아들이기 힘든 것들이 있는 법이란다."

그는 잠시 숨을 고르더니 말을 이었다.

"마리야. 너무 서두를 필요 없단다. 어떤 결정을 하든 그 전에 충분한 시간을 갖고 생각하렴."

그는 자리에서 일어나면서 덧붙였다.

"노트 마지막 장에 내 전화번호를 적어 두었단다."

* **인력거** 사람의 힘으로 끌어서 움직이는 교통수단.

쿠마리, 여신이 된 소녀

1953년, 나는 둘째 딸로 태어났다. 네팔에서는 흔히 그렇듯이 내가 여자로 태어난 것이 우리 가족에겐 크나큰 불행이었다. 가난한 집안에 먹여 살려야 할 입이 하나 더 늘어난 셈이었고, 나는 혼인 지참금을 걱정해야 할 무거운 짐일 뿐이었다.

어릴 때 부모님과 함께 살았던 기억은 거의 없다. 그렇다고 사랑을 못 받고 자란 것 같진 않다. 어쨌든 나는 태어났고, 갓난아이들의 목숨을 앗아 가는 전염병에 걸리지 않았으니 부모님은 나를 거둘 수밖에 없었을 것이다.

내 삶은 태어나면서 이미 결정되어 있었다. 열 살까지는 힘들게 집안일을 돕고, 그 후엔 지참금을 과하게 요구하지 않는 집안의 아들과 결혼하게 되겠지.

이것이 바로 싯다르타 왕자의 후손 샤카야 계급의 불교 집안에서 태어난 여자아이의 운명이다. 다음 생애에는 남자로 환생하기만을 소망하는 것이 내가 할 수 있는 전부였다.

부모님이 왜 나를 승려들에게 데려갔는지 알 것 같다. 쿠마리를 자녀로 두었다는 건 누구나 부러워하는 더없이 명예로운 일이다. 그 자녀의 은공으로 업보를 덜어 내고 다음 생애에는 더 나은 삶을 살 수 있다고 믿었으니까. 신도들이 바치는 많은 제물과 돈은 염두에 두지 않더라도 말이다. 내가 부모님 같은 처지였다면 어떻게 했을까. 아니, 어쩌면 엄마가 붉은 뱀꿈을 꿨기 때문에 나를 승려들에게 데려갔는지도 모른다. 다들 그 꿈이 간택을 의미하는 길몽이라고 여겼으니까.

사람들은 나를 보며 부처가 요구하는 32가지 조건을 모두 갖추었다고 했다. 게다가 별자리까지 완벽하게 왕과 일치했다. 그래서 나는 부모님에게 언니 다음으로 지붕 아래 놓인 두 번째 짐이 되지 않을 수 있었는지도 모른다.

나는 겨우 네 살이었다. 간택 의식을 기억하기에는 너무 어렸다. 그건 다른 쿠마리들도 마찬가지다. 그 의식이 어떻게 치러지는지 정확하게 설명할 수 있는 사람이 없었다. 반드시 비밀을 지킬 승려들만 그 의식에 참여하기 때문이다.

여기에 쓴 내용은 사람들이 내게 들려준 것이다.

나는 아파트 현관문을 열자마자 가방을 휙 던지고는 비에 흠뻑 젖은 채로 긴 흔적을 남기며 미끄러지듯 안으로 들어갔다.

빗물로 얼룩진 바닥에 쪼그리고 앉아 쿠마리 간택 의식을 다시 읽기 시작했다.

나는 카트만두에서 3대째 살아온 집안 출신이었다. 샤카야 성을 가진 카스트*에 속하는, 그러니까 네와르족*의 불교계 금은 세공사의 자손이었다. 힌두교 집안 출신인 줄 알았는데 완전히 헛짚은 거였다. 엉터리 통계 자료들 같으니라고.

승려 다섯 명이 어린 후보들을 일일이 살피는 장면을 상상해 보았다. 부처가 요구하는 32가지 조건을 완벽하게 갖추었는지 확인하고, 그중 하나라도 어긋나면 가차 없이 탈락시켰겠지.

건강한 신체, 흉터 하나 없이 깨끗한 피부, 가늘고 긴 팔, 하얗고 고른 치아, 긴 발가락, 동그란 어깨, 작고 잘 어울리는 촉촉한 혀, 참새 같은 목소리, 신성한 소의 눈을 닮은 긴 속눈썹과 검은 눈동자, 사자 같은 뺨, 황금빛 배꼽, 깊숙이 자리 잡은 성기, 소라고둥처럼 생긴 목, 오른쪽으로 약간 말린 곧은 머리카락, 넓은 이마, 석가모니가 깨달음을 얻은 곳에 있던 보리수처럼 단단한 몸…….

내 손을 유심히 쳐다보았다. 발도 살펴보려고 신발과 양말을 벗었다. 난 대체 뭘 물려받은 거지. 고집스런 성격만 물려받은 건가? 나도 간택받을 수 있었을까?

* **카스트** 인도나 네팔 등의 나라에서 통용되는 신분 제도로 많은 이들의 일상생활에 큰 영향을 미치고 있다. 카스트에 따라 직업 등이 결정되고 카스트 간의 결혼도 금지되어 있다. 카스트는 자손 대대로 세습된다.

* **네와르족** 네팔 카트만두 계곡에 사는 혼혈 민족. 미술, 건축, 금은세공 등 예술 분야에서 오랜 전통을 이어 오고 있다.

다사인 축제* 7일째 되는 날은 '검은 밤'이라는 의미를 가진 무시무시한 칼라티의 날이다. 32가지 조건을 충족하는 소녀들이 한 명씩 차례로 어두컴컴한 방으로 인도된다. 그 방 안에는 이제 막 희생 제물로 바쳐진 108마리의 양과 물소 머리들로 가득하다. 곳곳에 짐승 사체들이 널려 있고, 험상궂은 가면을 쓰고 괴상한 옷을 입은 남자들이 짐승 뿔 사이사이에 놓아 둔 촛불 아래에서 연신 비명을 질러 댄다. 어린 후보자들은 그 방에서 하룻밤을 꼬박 지새워야 한다. 힌두교 신자들에게는 탈레주 여신, 그리고 불교 신자들에게는 바즈라 데비로 환생하려면 홀로 이 시련의 밤을 새우며 두려움을 조금도 드러내지 말아야 한다. 울어서도, 소리를 질러서도 안 된다.

나는 그날 밤을 기억하지 못한다. 분명한 건 예전부터 지금까지 악몽을 꿀 때면 언제나 잔혹하게 잘린 양 머리가 등장한다는 것뿐.

일기장에서 고개를 들었다. 나는 네 살짜리 꼬마가 어떤지 잘 알고 있다. 이따금씩 아르바이트로 멜로디라는 아이를 돌봤는데 그 아이는 자기가 좋아하는 곰 인형이 없으면 아무것도 하지 않으려 한다.

* **다사인 축제** 네팔의 가장 큰 축제 중 하나. 매년 우기가 끝나고 추수를 앞둔 9월에서 10월 사이, 15일 동안 거행된다. 이 축제는 힘, 번영, 모성, 그리고 악을 파괴하는 여신인 두르가를 기리는 행사이다. 두르가는 물소(마히샤)의 모습을 한 악마(아수라)를 물리친 여신으로 유명하다. 이 기간 동안 네팔인들은 물소를 죽인 뒤, 그 피를 기계나 자전거처럼 일상적으로 사용하는 물건에 뿌려 앞으로도 잘 작동하기를 기원한다.

게다가 아빠가 늑대 흉내를 내면서 장난치면 무서워서 소리를 지른다.

피비린내가 진동하고, 짐승 머리들이 잔인하게 동강 난 채 가득 쌓여 있는 방이 보인다. 그 안에 가엾은 네 살짜리 여자아이가 덩그러니 혼자 서 있다. 당장 그곳으로 달려가 거대한 조각상이 새겨진 문을 부수고 그 아이를 구해 오고 싶다.

그 다음 관문들은 '검은 밤'에 비하면 훨씬 수월하다. 전통 의상을 입은 여인들 가운데 단번에 자신이 대신하게 될 현재 쿠마리를 찾아내야 한다.

그러면 뱀 모양의 거대한 황금 목걸이를 목에 걸어 주는데, 이때도 소리를 지르거나 무서워하면 탈락이다. 이 목걸이는 몇 년 뒤, 다음 쿠마리에게 물려줄 때까지 목에 걸고 있어야 한다.

휴대 전화가 울리는 소리에 정신이 번쩍 들었다. 방해받고 싶진 않았지만 어쩔 수 없이 팔을 뻗어 가방을 끌어당겼다. 알렉스다. 나는 그에게 말할 틈조차 주지 않고 속사포처럼 쏟아 냈다.

"알렉스, 지금 나한테 무슨 일이 벌어지고 있는지 넌 절대 상상도 못할 거야."

눈을 떴다. 머릿속이 묵직한 게 이미 흐릿해진 꿈들로 어지럽다. 나는 더 이상 카트만두의 더르바르 광장 남쪽 쿠마리 사원에 있지 않았다. 내 방이다. 게을러서 아직도 바꾸지 않은 낡은 벽지로 둘러싸인 10제곱미터 남짓한 작은 내 방 안이다. 제일 먼저 사자니 할머니 생각이 떠올랐다. 어제 교문을 나선 순간부터 지금까지 겪은 일이 실제 일어난 건가? 아니면 꿈을 꾼 건가?

베개 밑으로 손을 밀어 넣어 본다. 손끝에 작고 딱딱한 것이 만져진다. 붉은 노트다. 세상에! 꿈이 아니었다.

시곗바늘은 6시 32분을 가리키고 있다. 여전히 졸리고 배도 고프다. 알렉스와 메신저로 새벽 2시까지 채팅하고, 일기를 좀 더 읽었다. 배고픈지도 모르고 일기에 빠져들었던 기억이 난다.

베개를 조심스럽게 제자리에 놓고 포근한 이불에서 빠져나온다. 이런 사소한 행동들마저 사자니를 떠올리게 했다. 섬세한 조각들로 장식된 나무 창문 안쪽에는 진짜 아이 방이 있었을까? 시녀들과 같이 잠을 잤을까, 아니면 잠자는 동안에 경비병들이 곁을 지켰을까?

전자레인지에 우유를 데우는 동안 나는 부엌 타일 바닥이 너무 차가워서 발뒤꿈치를 들고 서 있었다. 걸을 때도 마찬가지였다. 슬리퍼를 어디다 둔 거람. 강아지가 물고 간 것도 아닌데 매번 슬리퍼가 없어진다며 투덜거리던 엄마 생각이 났다.

엄마에게 말해야 하지 않을까? 아니, 일기를 다 읽고 충분히 이해한 뒤에 말해야겠다. 그 전에 일을 망치고 싶진 않다. 엄마가 이 문제에 관해서는…… 워낙 완고하니까. 일기장을 찾아내 불태워 버릴까 봐 겁이 났다. 당장 장 할아버지에게 달려가 협박할 수도 있다. 하지만 난 아직 물어보고 싶은 게 너무 많다. 장 할아버지도 어떤 결정을 내리기 전에 충분한 시간을 갖고 생각해 보라고 하지 않았던가. 엄마를 두고 한 말인지도 모르겠다. 마흔 살이 다 된 간호사가 그런 어리석은 행동을 할 리는 없겠지만 솔직히 엄마가 몽땅 망쳐 버릴까 봐 두려웠다.

알렉스는 엄마가 곧 눈치챌 거라고 했다. 알렉스의 말이 맞을지도 모른다. 엄마들에겐 자기 아이의 행동이 조금만 이상해도 귀신처럼 알아차리는 직감이란 게 있는 법이니까.

나는 김이 나는 우유 컵을 탁자에 올려놓고 그 앞에 앉았다.

엄마가 왜 그러냐고 물으면 그냥 연애 사건 정도쯤으로 얼버무려야지. 위그를 생각하면서 빵에 버터를 발랐다. 바로 어제 일인데 백 년은 더 된 일 같았다.

잼 병이 거의 비어 있었다. 손가락으로 병 밑바닥에 남은 잼을 찍어 먹었다. 어린 사자니도 손가락으로 잼 병 바닥을 긁는 행복을 느껴 봤을까. 아침마다 진지한 표정을 지으며 예복으로 갈아입고, 짙게 화장을 하고, 온몸은 보석과 꽃으로 단장했겠지.

코코아가 든 컵에 우유를 조금 붓고는 흰 우유가 코코아에 섞이는 모습을 물끄러미 바라봤다. 그러자 갑자기 지난밤 꿈이 되살아났다. 이상하게도 금세 잊혀지는 꿈이 있는가 하면, 아주 사소한 계기에도 곧바로 떠오르는 꿈이 있다.

지난밤 꿈속에서 난 새로 간택된 쿠마리였다.

막 간택을 받고 난 뒤였다. 승려들이 나를 신전으로 데려가 여신의 혼을 받아들일 수 있도록 정화 의식을 준비했다.

나는 붉은 천으로 감싼 나무 제단 위에 눕는다. 내 위로는 시바* 신의 신부인 탈레주 조각상이 여러 개의 팔을 펼치고 있다.

종이 울리자 의식이 시작된다. 공물을 바치는 푸자*의 시간이다. 승려들의 예복 자락이 스치는 소리가 들린다. 승려들은 내 주위에 촛대를 세워 어둠을 밝히고 황금을 두른 기름 램프까지 불을 붙인다. 둥근 단지 안, 그리고 여신상 발아래에는 향기로운 물, 관목의 꽃, 향 막대, 잘 익은 과일, 진줏빛 조개, 그리고 티베트 불교 승려들이 예불을 올릴 때 끝을 부딪쳐 소리를 내는 팅샤 등 온갖 공물들이 놓여 있다.

나는 나무 천장을 올려다보며 무작정 기다린다. 왜 부모님의 모습은 보이지 않지?

드디어 정화 의식이 시작된다. 누군가 내 옷을 모두 벗긴다. 춥다. 주지 승려가 내 몸이 기억하는 과거의 흔적들을 모두 씻어 내기 위해 몸을 닦기 시작한다.

이어 발에 사향내 나는 기름을 바른다. 또 다른 승려가 내 이마에 장뇌와 백단유를 찍어 바른다. 정화 효과가 뛰어난 약초를 내 눈과 배꼽, 목 그리고 그 어떤 손길도 스쳐 간 적 없는 곳들에 갖다 댄다. 나는 두려움에 사로잡힌 채 꼼짝도 하지 못한다. 아무것도 이해하지 못한다. 아무도 내게 설명해 주지 않았으니까.

***시바** 힌두교의 신으로, 신세계 창조와 파괴 양면을 상징하는 매우 복잡하고 역설적인 존재이다. 시바신은 1008개의 다른 이름으로 불리기도 하는데, 특히 '코스믹 댄서(우주의 춤꾼)'로 잘 알려져 있다.

***푸자** 부처가 식사하는 의식.

24시간 동안, 주문을 암송하고 기도하는 소리가 울리는 가운데, 숨조차 제대로 쉴 수 없을 만큼 강한 향불 연기 속에서 사람들이 내게 탈레주의 혼을 영접할 준비를 시킨다. 내게 브라만교의 주문을 쉬지 않고 암송하라고 한다. 목이 너무 말라 물을 달라고 애원해 보지만 정화 의식이 끝날 때까지는 물과 음식을 입에 댈 수 없다고 한다.

내일이면 나는 새로운 쿠마리로 거듭날 것이다. 권력의 검이라 불리는 내가 탈레주의 검을 받게 될 것이다. 하지만 당장은 웅장하게 울리는 제례 노랫소리 때문에 귀가 먹을 것만 같다. 나는 무슨 일이 벌어지는지 알 수 없어 잠 속으로 숨어들려고 하는 네 살짜리 꼬마일 뿐이다.

누군가 조심스럽게 날 깨운다. 값비싸고, 피처럼 붉으며 묵직한 예복 치마를 입힌다. 나는 곱게 화장을 하고는 온갖 보석들로 치장한다. 준비 과정이 좀처럼 끝날 것 같지 않다. 드디어 적자색 옷을 입은 승려들의 인도를 받아 복도를 지나 신전 밖으로 나온다.

갑자기 비치는 햇살에 눈이 따갑다. 축축한 공기를 들이쉰다. 밤새 신전에 갇혀 있어선지 습한 공기마저 신선하게 느껴진다. 사방에서 군중의 환호성이 울려 퍼진다. 앞장선 경비병들이 나를 만지려고 달려드는 사람들을 밀어제친다.

더르바르 광장은 거대한 흰색 천으로 덮여 있는데, 바람이 일 때면 마치 우유로 된 바다가 출렁이는 것 같다. 나는 군중의 함성을 뚫고 지나간다. 앞으로 내가 살게 될 쿠마리 사원으로 간다. 두 발로 땅을 딛고 걸어가는 것은 이번이 마지막이다. 이후로 밖으로 나갈 때는 언제나 마차를 타고 다닐 것이다. 쿠마리는 더러운 땅을 밟을 수 없기 때문이다.

사원은 오래된 건축물로 여러 조각상이 새겨진 창문이 수없이 많이 달려 있었다. 입구에는 파랑, 노랑, 빨강으로 된 그림 장식과 흰 돌로 조각한 큼직한 사자상 두 개가 버티고 있다. 입을 크게 벌린 사자의 이빨이 과히 위협적이다. 그에 비해 나는 너무 연약했다.

육중한 나무 문이 삐걱거리며 열린다.

사람들이 나를 사원 입구 쪽으로 살며시 민다. 나는 입을 크게 벌리고 있는 시꺼먼 구멍에서 눈을 뗄 수 없다.

그 너머에 새로운 삶이 나를 기다리고 있었다.

미워할 수 없는 엄마

"그래서, 다 털어놓을 거야?"

"누구한테? 엄마?"

"그래, 네 엄마한테 다 얘기할 거야?"

알렉스와 나는 1교시 쉬는 시간이 되자 학교 운동장으로 나와 추위에 벌벌 떨면서 이야기를 나눴다. 좀처럼 끝날 것 같지 않은 11월이다.

"아니, 아직. 일단 기다려 보려고. 장 할아버지를 만나러 가고 싶은데, 엄마한테 말하면 못 가게 할 거야."

"할아버지가 어디 사시는지 알아?"

"아니, 하지만 전화번호를 알려 주셨는데, 04로 시작해. 찾아보니까 남쪽 지방이더라."

알렉스의 눈가에 살짝 웃음이 번졌다.

"세상에, 완전히 늙은 변태 할아버지라고 생각했는데……."

알렉스는 잠시 머뭇거리다 말을 이었다.

"어쨌거나 이번 일, 완전 어처구니없는 일이야. 말이 되냐? 네 할머니가 여신이었다니. 넌 알지도 못했잖아. 그건 그렇고 할머니가 돌아가셨다니 너무 거지 같다. 너랑 함께 가서 꼭 뵙고 싶었는데."

나는 알렉스를 쏘아보았다.

"알렉스, 나 지금 농담할 기분 아니야."

어느새 그의 얼굴이 침울해졌다.

"미안해. 바보 같은 말을 했네. 그런데 넌 이제 어떻게 할 거야?"

"뭘?"

"그게, 그러니까. 거기 가 보고 싶지 않아? 직접 가서 보고 싶지 않냐고. 더르바르 광장인지 뭐 그런 데. 지금도 쿠마리가 있을까? 궁금하지 않아? 완전 재미있잖아. 안 그래?"

나는 한숨을 내쉬었다.

"난 항상 네팔에 가고 싶었어. 하지만 주말에 휙 하니 다녀올 수 있는 곳도 아니잖아. 비행기 값도 만만찮고. 또 엄마한테는 뭐라고 말해야 할지도 모르겠고. '엄마, 전 이번 방학에 외할머니가 사셨던 카트만두에 다녀올 거예요.'라고 말할까?"

알렉스는 눈썹을 찌푸렸다.

"그건 아니지만, 이제는 네가 결정을 내려야지. 네 삶은 온전히 네 거야. 언제까지 엄마한테 끌려다닐 수는 없잖아!"

"알렉스, 난 아직 열여섯 살이야. 여전히 엄마하고 같이 살고 있고. 맨날 투덜거리긴 해도, 엄마는 제일 소중한 사람이야. 알잖아, 내게는 엄마밖에 없는 거."

"그런 얘기가 아니잖아. 내가 무슨 말 하는지 잘 알면서."

"그래. 나도 알아. 하지만 지금까지 내가 끌려오기만 했다고 생각하진 않아. 엄마가 말려도 언젠가 한 번은 그곳에 갈 거야. 늘 꿈꿔왔던 거야. 쿠마리 얘기를 듣기 훨씬 전부터. 하지만 지금은 더 급한 일들이 있어. 먼저 장 할아버지를 만나러 가야겠어. 할머니가 어떤 곳에서 사셨는지 알고 싶어. 사진도 보고 싶고, 할머니가 쓰시던 물건들도 보고 싶거든."

"일기장에 사진은 없었어?"

"몇 장 있긴 했어. 하나 가져왔는데, 볼래?"

나는 가방에서 봉투를 찾았다. 흑백 사진 한 장을 조심스럽게 꺼내 내밀었다.

"할머니야. 여덟 살 때 모습."

소녀는 화려한 조각 장식이 새겨진 큼직한 소파에 앉은 채, 맨발을 거대한 황금 쟁반처럼 보이는 것 위에 올려놓고 있다. 주변에는 나무 궤, 기름 램프, 물병, 각종 과일, 불교 여신상, 제례 용기 같은 온갖 예물들이 잔뜩 널려 있다. 모든 게 어지러이 뒤섞여 있다. 넘쳐나는 황금 장식물들은 오히려 빈곤을 애써 감추려는 것처럼 보였다.

사진 속 소녀는 고개를 살짝 숙이고 아무 표정 없이 허공을 응시하고 있었다. 가만히 보고 있으면 일기장에서 발견한 사진들은 모두 아무 감정이 없는 듯한 얼굴을 하고 있었다. 쿠마리의 삶이 그녀를 이렇게 바꾼 것일까? 어쩌면 그 무엇에도 동요되지 않는 능력이 있어서 쿠마리에 간택된 것은 아닐까?

그녀는 무슨 생각을 하고 있는 걸까? 부모님을 그리워하는 걸까? 창밖으로 내려다보이는 아이들을 부러워하고 있는 걸까? 그녀는 그곳에서 과연 행복했을까? 아무리 봐도 그 또래의 소녀 같지 않았다. 말하자면…… 이미 세상을 다 알아 버린 작은 어른 같았다.

얼굴은 흰색 물감을 덧칠한 듯 창백했고, 눈가는 검은색 아이라이너로 두껍게 칠했다. 사자니 할머니는 이것이 마귀를 쫓는 화장법이라고 일기장에 적어 놓았다.

"이게 뭐야?"

알렉스가 소녀의 이마 한가운데 있는 세 번째 커다란 눈을 가리켰다.

"성인과 신들만이 가지고 있다는 지식의 눈이야. 불교 신도들은 자아와 타인의 후광을 알아볼 수 있다고 믿었으니까."

"와우, 타인의 후광이라……."

알렉스는 할 말을 잃었는지 눈만 깜박거렸다. 그러다 이내 사진을 뚫어지게 바라봤다. 그는 황금 목걸이와 꽃들, 그리고 묵직한 예복에 거의 파묻혀 있는 아이를 응시했다.

잠시 후 그가 고개를 들고 말했다.

"와우, 이건……."

"혼란스럽지?"

"그래, 맞아. 정말 혼란스럽다."

"이상해. 처음에 장 할아버지가 내게 쿠마리의 후손이라고 말했을 때, 그때는 무척 자랑스러웠어. 할머니가 여신이었다니 우쭐한 기분까지 들었지. 할머니 덕분에 내가 아주 중요한 존재가 된 느낌이었으니까. 그런데 시간이 지날수록, 깊이 생각할수록, 황홀했던 기분이 차츰 사그라지는 거야. 우리가 상상하는 그런 행복한 동화는 아닐 거라는 생각이 들고."

알렉스가 고개를 천천히 끄덕였다.

"그러게. 얼굴이 그다지 행복해 보이지 않아. 일기는 더 읽어 봤어? 어떻게 하루를 보냈대?"

"아니, 다 읽지 못했어. 오늘 저녁에 읽어야지. 빨리 모든 걸 알고 싶다가도 한편으로는 두렵기도 해."

어린아이가 치러야 했던 끔찍한 의식들이 떠올랐다. 마음을 괴롭히는 장면들을 머릿속에서 밀어내려 했지만 쉽지 않았다.

"쿠마리들은 몸에 상처가 날까 봐 마음대로 놀지도 못했대."

"그래?"

"쿠마리의 몸에서 조금이라도 피가 나면 그날로 쫓겨났으니까. 그래서 초경을 시작하면 바로 여신의 지위를 박탈당했다나 봐."

수업 종이 울리는데도 나는 말을 멈출 수 없었다.

"만일 네가 어린 시절을 빼앗겼다면 너는 어떤 사람이 되었을 것 같아? 엄마가 그곳에서 도망친 이유를 알 것 같아. 할머니가 제정신이 아니었을 테니."

알렉스가 내 어깨에 가만히 손을 올렸다.

"너무 심각하게 고민하지 마. 더 읽어 보면 알겠지. 저녁에 기분이 안 좋아지면 전화해. 오늘은 연습이 없으니까. 그건 그렇고, 지금은 기분 전환이 필요하겠다.”

알렉스와 나는 서로 미소를 지으며 헤어졌다.

알렉스가 몇 걸음 앞서 걷다 말고 내 쪽으로 되돌아왔다.

“참, 그런데 왕자님은 만나셨나?”

나는 깜짝 놀라 물었다.

“왜? 그럴 이유라도 있어?”

“오늘 아침, 널 찾던데? 네 메신저 주소도 알려 달라고 하고.”

나도 모르게 두 눈이 휘둥그레졌다.

“정말? 그래서 내 주소 알려 줬어?”

그는 당연하다는 듯이 고개를 끄덕였다.

“헤이, 오늘은 네 행운의 날인 것 같으니 잘해 봐!”

오늘 밤은 엄마가 쉬는 날이었다. 엄마 표현에 따르면 ‘재충전’의 날이다.

지지리 운도 없지. 그러니까 이 말은 엄마가 잠자리에 들 때까지 일기장을 펼쳐볼 수 없다는 뜻이다. 엄마가 불쑥 내 방으로 들어와 엄마의 심리 상담사가 알려 준 ‘사춘기 자녀’와의 대화법을 시도할지도 모른다. 아마도 나한테 뭘 하고 있었냐고 묻겠지. 내가 어정쩡하게 대답하면 의심할 테고. 그러면 안 되는데……. 지금 당장이라도 일기장을 꺼내 읽고 싶다. 애꿎은 베개만 뚫어져라 바라보고 있자니 미칠 지경이다. 좀 더 안전한 곳에 일기장을 숨겨야겠다. 어디에 감추지? 옷장 속? 안 돼. 가끔 산더미처럼 쌓인 옷들을 다릴 엄두가 나지 않는 날이면, 옷을 빌려 달라며 엄마가 불쑥 들이닥치곤 하니까. 책장 속에 슬쩍 끼워 넣으면 어떨까? 설마 책장을 뒤지진 않겠지. 그래도 안심이 안 된다. 누군가 이 일기장을 가져갈까 봐 너무 불안하다. 지금 내 모습은 영화 속 마약 밀매 업자나 로또 일등 당첨자가 돈이나 복권을 어디에 둘지 몰라 안절부절하는 꼴 같다.

내 앞에 펼쳐져 있는 교과서들을 바라보며 손톱 끝으로 책상을 톡톡 친다. 도무지 숙제에 몰입할 수가 없다. 두 눈은 어느새 컴퓨터 화면으로 향한다. 두 손은 더 빠르게 키보드로 달려간다. 위그가 이런 날 본다면 뭐라고 할까?

마음이 바뀌기 전에 얼른 메신저 아이콘을 클릭했다. 그러고는 엄청난 바보짓을 들킨 것처럼 재빨리 손가락을 떼어 냈다.

"마리리리리야!"

부엌에서 엄마가 숨넘어갈 듯 불러 대는 바람에 화들짝 놀랐다.

"네에에에."

"밥 먹자."

"네, 가요."

나는 비밀번호를 입력하고 위그가 접속했는지를 확인한다. 심장이 마구 뛰기 시작한다.

에밀리 602. 디제이레믹스, 미미 56, 오드리크, 세모아팀, 룰루트 23, 포르자이탈리아…… 없다. 채팅 방에 그의 이름은 뜨지 않았다.

안도의 한숨을 내쉬긴 했지만 한편으로는 조금 서운했다. 나는 방 안의 불을 끄고 부엌으로 갔다.

"오늘 학교는 어땠어? 무슨 수업 들었니?"

"수학 두 시간에 프랑스어, 역사, 경제 수업."

"그게 다야?"

"체육은 못 했어. 선생님이 오늘도 결근하셔서."

"그래? 벌써 3주째 아닌가……. 무슨 일이래?"

나는 어깨를 으쓱했다.

"모르겠어."

"큰일은 아니어야 할 텐데. 그러고 보니, 지난번 학기 초 면담 때 선생님 얼굴빛이 심상치 않던데. 암에 걸렸다고 해도 믿겠던걸."

암. 갑자기 사자니 할머니가 생각났다. 나는 말없이 시금치 리코타 케이크를 내려다보았다. 나는 아는 게 하나도 없었다. 엄마는 할머니가 돌아가셨다는 사실을 알고 있을까? 아무 말도 하고 싶지 않아 케이크를 한입 베어 물었다. 평소 같으면 맛있게 먹었을 텐데, 오늘만큼은 음식을 넘길 수가 없었다. 자꾸 목이 메는 것만 같았다.

부모의 사망 소식 정도는 어떻게든 알게 되지 않을까? 공증인도 없나? 어찌됐든 상속자에게 부음을 전하도록 되어 있지 않나?

"엄마, 물 마실래?"

나는 물컵을 건네며 어색한 침묵을 깨려고 했다. 다시 장 할아버지 생각이 났다. 혹시 할아버지는 내가 할머니 소식을 엄마에게 알려 주기를 바라고 있는 건 아닐까? 갑자기 화가 났다. 엄마가 내 출생에 대해 감추고 있었다는 것도 다시 떠올랐다. 자신의 이름까지 숨기다니, 말도 안 돼. 열여섯 살이 되도록 엄마의 본명이 다훼인지도 모르고 살았다니.

엄마한테 할머니가 돌아가셨다고 소리칠까? 사과와 치즈를 앞에 두고, 엄마가 어떻게 반응할지 보고 싶었다. 적어도 엄마가 후회하는 모습을 보고 싶었다.

"마리, 무슨 일 있니? 고민이 많은 얼굴이네."

나는 등을 곧추세우고 아무렇지도 않은 척했다. 슬며시 웃어 보이기까지 했다. 이럴 때 연극 수업을 들은 게 도움이 된다.

"아니, 아무 일도 없어. 좀 피곤해서 그래. 일찍 가서 잘게."

"케이크 더 안 먹고?"

나는 고개를 저었다.

"괜찮아."

엄마는 실망한 듯 시무룩한 얼굴을 했다. 케이크 때문이라기보다는 나하고 하려던 대화가 끊겨서 그럴 것이다. 엄마를 슬쩍 쳐다보는데, 화가 조금 가라앉는 것 같았다. 엄마가 안쓰러워 보였다. 날 기쁘게 해 주려고 내가 좋아하는 케이크를 만들어 주었는데. 게다가 둘이 함께 저녁 먹는 날이 자주 있는 것도 아니고. 내 자신이 원망스럽기도 했다.

나는 접시를 닦아 식기 건조대에 얹어 놓았다.

부엌에서 나오면서 엄마 볼에 스치듯 인사를 했다.

"케이크 정말 맛있었어. 고마워."

나는 식탁에 앉아 있는 엄마를 뒤로하고 부엌문을 닫았다. 엄마는 한 손으로 턱을 괴고는 창문 쪽을 바라보고 있었다.

왠지 눈물이 날 것 같았다.

유폐된 나날

쿠마리로 살아가는 나의 하루하루는 조용히 흘러간다. 쿠마리 사원의 벽 안에 갇혀 지내는 날들은 조금도 변함이 없다. 화려하지만 무기력한 한가로움 속에서 똑같은 날들이 반복된다.

아침에 눈을 뜨면 나를 보살피는 시녀들(쿠마리미*)이 침대맡으로 달려와 무엇을 먹을지 묻는다. 금지된 음식만 아니면 얼마든지 내가 원하는 것을 요구할 수 있다. 그날그날 생각나는 대로 카레, 라이스 푸딩*이나 차파티*, 프라이팬에 구운 작은 크레이프를 주문한다. 가족과 함께 보냈던 짧은 어린 시절을 떠올리게 해 주는 음식들이었다.

아침을 먹고 나면 시녀들이 나를 정성껏 씻겨 준다. 나는 향유

* **쿠마리미** 쿠마리의 시중을 드는 이들로, 쿠마리의 일상적인 일(화장, 옷 입기, 식사 등)은 물론 종교적 역할에 관한 교육도 담당한다.
* **라이스 푸딩** 쌀을 우유에 넣고 푹 끓인 음식.
* **차파티** 정제하지 않은 밀가루로 반죽을 만들어 손바닥으로 얇게 친 뒤, 타바라는 철제 판에 구운 빵으로 인도인의 주식이다.

를 푼 욕조 물에 들어가 눈썹 위에 방금 딴 싱싱한 꽃잎을 올려놓고 살며시 눕는다. 부드러운 손길이 내 등과 발을 문지르는 동안 눈을 감고 꿈속에 빠져든다. 목욕이 끝나면 물기를 닦아 내고, 신성한 향유와 방향제로 오랫동안 몸 전체를 마사지한다. 그러고 나면 내 살갗은 히말라야산 파시미나*보다 더 보드라워진다.

시녀들이 내게 옷을 입히고, 화장을 해 준다. 매일 똑같이 정성을 다해 헌신적으로 치러지는 일상이다. 어린 나이였는데도 어떻게 그 길고 긴 시간들을 견뎠는지 가끔 궁금할 때가 있다. 어쩌면 나는 그때 어린아이가 아니었는지도 모르겠다.

내 옷은 사원 밖의 아이들이 입는 옷과 많이 달랐다. 곳곳에 금빛 은빛 실로 예쁘게 수놓인 붉은 드레스는 값비싼 것이었다. 불편하지만 정말 좋은 옷이었다. 하긴 그런 옷은 편안하라고 입는 옷은 아니니까.

이전의 쿠마리들이 그랬듯이 나 역시 신발을 신지 않았다. 쿠마리의 발은 신성하기 때문이다. 붉은빛이 감도는 내 발은 나와 시바 신과의 결합을 의미했다.

내가 제일 좋아했던 시녀 아산티는 내 머리를 빗어 주는 걸 무척 즐겼다. 그녀는 전해 내려오는 자장가를 부르며 오래도록 내 머리를 빗어 주었다. 그러고는 신전 모양처럼 머리를 쪽 찌듯 틀어 올려 주었다. 나는 얼마 지나지 않아 한없이 다정하고, 위안을 주는

***파시미나** 히말라야 고산 지대에 사는 산양의 털로 만든 최고급 캐시미어 울.

그녀를 따랐다. 그녀의 얼굴엔 늘 미소가 떠나지 않았다. 그녀가 내 머리를 매만져 줄 때면 달큰한 엄마 냄새가 났다. 내가 엄마 품을 찾을 때마다 그녀는 나를 꼭 안아 주었다. 그녀의 심장이 뛰는 소리는 편안한 음악처럼 들렸다.

쿠마리에게 화장은 매우 중요한 일이었다. 가장 나이 많은 시녀인 피쉬라가 숙련된 금은 세공사처럼 섬세하게 화장을 해 주었다. 이마 위에 양쪽 눈썹 모양을 따라 가늘고 긴 노란 선을 한쪽 귀에서 다른 쪽 귀까지 그려 넣었다. 경계선의 위쪽은 붉게 칠하고, 이마 한가운데는 전지전능을 의미하는 세 번째 눈을 그렸다. 이 눈은 초월적인 세계를 인식할 수 있는 힘을 준다고 했다.

모든 준비가 끝나면 예배를 드렸다. 그날의 제물을 바치기 위해 승려가 기다리고 있는 곳으로 갔다. 승려는 내게 향, 염료, 쌀 그리고 꽃을 가져왔다.

그 후의 시간은 별다른 일 없이 조용히 흘러간다. 나는 이 고요함을 증오하면서도 또 그만큼 사랑했던 것 같다. 사람들이 그랬다. 사원 밖의 삶은 결코 쉽지 않다고. 여자아이들은 부모를 도와 허리가 굽을 정도로 밭을 매거나, 카트만두 거리에서 신문을 팔다가 대부분은 자신에게 무슨 일이 일어나는지도 모르는 채 남편의 침대 위로 던져진다고 했다.

반면 나는 숭앙받고, 보살핌을 받았다. 몸도 씻어 주고, 먹여 주고…… 내가 스스로 알아서 해야 할 일은 아무것도 없었다. 시중드는 여자들이 모든 걸 맡아 해 주었고, 내가 원하는 것을 들어주었다.

하지만 아무것도 하지 않는 게 더 괴로웠다. 어렸기 때문에 나는 여기저기 마음대로 뛰어다니고 싶었고, 소리도 지르고 싶었다. 그러나 내게는 그럴 권리가 없었다. 그러다 상처라도 나면 큰일이었으니까. 어쩌다 친구들과 놀고 싶다고 하면, 시녀가 자기 아이들을 데리고 왔다. 하지만 그 애들은 내게 말을 거는 것조차 어려워했다. 언제나 내가 중심이 되어 놀이를 끌고 가야 했다.

좀 더 나이를 먹으면서 갑자기 우울해질 때가 있었다.

가끔 내가 쿠마리로 간택되지 않았더라면 어떤 삶을 살았을지 궁금했다. 언니 생각이 날 때면 같이 구슬치기를 하거나 연을 만들며 노는 상상을 했다. 학교라는 곳을 꿈꿨고, 그곳에 가는 아이들이 마냥 부러웠다. 나는 쿠마리가 감당해야 할 역할 외에는 다른 어떤 교육도 받을 수 없었다. 당시만 해도 승려들은 쿠마리 자체가 전지전능한 존재이기 때문에 어떤 것도 배울 필요가 없다고 믿었다. 지금이야 쿠마리들도 교육을 받는 행운을 누리지만 말이다. 만일 내가 공부를 할 수 있었더라면 그 길고 지루한 시간을 피할 수 있었을 텐데.

하루 중 유일하게 유쾌한 때는 손님을 맞이하는 시간이었다. 얼마 지나지 않아 나는 극소수의 사람만 나를 만날 수 있다는 걸 알았다. 그들은 부유하고, 신분이 높은 특권층이었다. 내가 맡은 역할은 사자가 조각된 거대한 의자에 앉아 꼼짝하지 않고 그들이 하는 이야기를 듣는 것이었다.

그들은 내 앞에 머리를 조아리고 각자의 고민거리와 극히 이기적인 기도들을 늘어놓았다. 사업가들은 사업 번창을, 엄마들은 아들의 병을 고쳐 달라고 했고, 젊은 부인들은 아이를 낳게 해 달라고 애원했다. 다들 부를 갈망하며 내 발에 입을 맞추고, 제물을 바쳤다. 과일이나 향료, 간혹 보석을 가져올 때는 언제나 홀수로 준비했다. 계란이나 과자를 들고 온 적은 한 번도 없었다. 그런 것은 금지된 것들이었으니까.

지금 생각해 보면 그때는 내가 정말로 그들의 소원을 들어줄 능력이 있다고 믿었던 것 같다. 내 힘을 의심해 본 적은 한 번도 없었다. 어렸을 때부터 내가 전지전능한 여신의 화신이며, 신성한 여인으로 간택되었다는 말을 반복해 들었다. 그 증거들은 얼마든지 있었다. 한 여자는 나를 보고 난 뒤, 말을 전혀 하지 못했던 아이가 말문이 트였다고 증언했다.

나는 그들의 말을 듣기만 하면 됐다. 절대 웃어서도 안 되고, 한마디도 해서는 안 되었다. 그들은 나의 작은 몸짓과 행동까지 모두 해석하려 들었다. 내가 눈물이라도 보이면? 전염병에 걸리거나 죽음의 신이 떠다니고 있다고 했다. 내가 몸을 조금이라도 떨면? 얼마 안 있어 감옥에 갇힐 거라고 했다. 내가 신자들이 바친 음식에 손이라도 대면? 엄청난 돈을 잃게 될 거라고들 했다.

내가 조금의 동요도 없이 조용히 있어야 나를 보러 온 사람들이 마음의 짐을 덜고 홀가분하게 돌아갈 수 있었다. 그들은 그것을 소원이 성취되었다는 신호로 믿었다.

신전으로 나를 만나러 오지 못하는 사람들은 철망이 쳐진 사원의 나무 창문 앞에서 나를 기다리며 마음을 달랠 수밖에 없었다. 나는 원하면 하루에 여러 번 창문 앞에 모습을 드러낼 수 있었다. 광장에 모인 사람들에게는 그 시간이 재물을 상징하는 나를 만날 수 있는 유일한 기회였다. 그들은 재빨리 자신의 손을 입술에서 이마로 갔다 댔다. 그러고는 이내 가벼워진 발걸음으로 돌아갔다.

12시 12분. 일기장을 덮었다. 잠이 올 것 같진 않았다. 아니, 전혀 졸리지 않았다.

엄마가 방에 들어간 지 30분밖에 안 됐다. 엄마가 내 방 앞을 지나가는 소리에 가슴이 쿵쾅거렸다. 허겁지겁 스탠드 불을 끄느라 그 옆에 있던 물건들을 바닥에 떨어트릴 뻔했다. 나는 캄캄한 방에서 두 눈을 뜨고 엄마의 침대가 삐걱거리는 소리가 들릴 때까지 기다렸다. 조금 뒤, 불을 켜고 다시 사자니 할머니를 만나러 쿠마리 사원으로 떠났다.

여덟 살 때였나. 아산티에게 집에 가서 하룻밤을 지내고 싶다고 했던 기억이 난다. 딱 하루라도, 아니 몇 시간만이라도 다른 사람들처럼 평범하게 지내 보고 싶었다. 아산티는 두 눈을 크게 뜨고는 어쩔 줄 몰라 하며 머리를 가로저었다. 내가 부처를 모욕이라도 한 듯이 말이다. 더 이상 조를 수 없었다.

사원 밖으로 나가는 경우는 매우 드물었다. 정확하게 1년에 열세 번, 축제 기간에만 나갈 수 있었다. 매년 우기가 끝날 무렵이면 비의 여신인 인드라*를 달래는 인드라 자트라 축제가 거행되었다. 나는 이날만을 손꼽아 기다렸다. 지루한 일상에서 벗어날 수 있는 유일한 날이었다. 이때만큼은 내 자신이 아주 중요한 사람처럼 느껴졌다. 정치, 문화, 종교 등 모든 영역에서 나름의 역할이 컸다. 나는 무시무시한 탈레주 투사이자 국민을 보호하고, 국왕*의 통치권을 승인해 주는 여신이었다. 축제가 행해지는 7일 동안, 나는 눈부신 황금빛 수레를 타고 행진했다. 수레바퀴에는 어마어마하게 큰 눈들이 새겨져 있었다. 팡파르가 울려 퍼지고, 화려하게 분장한 무용수들이 춤을 추며 마차 뒤를 따랐다. 사람들은 환호성을 지르며 내게 꽃송이를 던지고, 나를 한 번이라도 만져 보려고 손을 내밀었다. 수레 앞에서는 한 남자가 내 것과 똑같은 검을 휘두르며 길을 열었다.

불교도는 물론 힌두교도들도 다 함께 기리는 이 축제의 삼일 째

***인드라** 벼락과 번개, 비의 신으로 매년 인드라 자트라 축제 때 이 신을 기린다. 이때 쿠마리는 상징적으로 왕에게 왕권을 재임명한다.

***국왕** 네팔은 2008년 4월 28일, 입헌 군주제를 폐지하고 공화제 도입을 선포했다. 2008년 7월 21일, 람 바란 야다브가 연방 민주공화국의 대통령으로 선출되었다. 국왕은 여전히 존재하지만 더 이상 권력을 지니지 않는다.

되는 날은 쿠마리인 내게 가장 중요한 날이었다. 내가 직접 국왕에게 축사를 내리기 때문이다. 국왕이 왕권을 계속 유지하려면 내 축사를 받아야 했다.

매년 똑같은 의식이 되풀이되었다. 장엄한 의식이 거행되는 동안 국왕은 내게 다가와 발에 입을 맞추며 '살아 있는 여신'에게 경배한다. 그러면 나는 국왕의 목에 꽃다발을 걸어 주고, 왼손의 다섯 손가락으로 이마에 축복과 권위를 상징하는 붉은 티카*를 찍어 준다. 이 붉은 점은 힌두교도들에게 종교적 귀속을 나타내는 상징이기도 하다.

국왕은 내게 고개를 숙이고, 황금 주화를 헌금으로 바친다.

이로써 모든 균형이 바로 서게 된다. 우기가 시작된 이래로 카트만두를 괴롭히던 악귀들은 쫓겨난 것이다. 이처럼 국왕을 재임명하는 의식을 통해 상징적으로는 왕국의 권위를 위협하는 무정부 상태에 마침표가 찍힌다.

즉, 왕의 정당성과 우주의 질서 유지가 오직 내게 달린 것이다.

축제가 이어지는 동안, 나는 누구도 대적할 수 없는 전지전능한 존재로 거듭났다. 이때는 시중드는 사람들에게 막무가내로 온갖 것을 요구하고, 끝도 없이 변덕을 부리고, 무례하게 굴곤 했다.

내가 만일 축제 기간 동안 이런 의식을 행하는 것을 거부했다면

* **티카** 이마에 찍는 축복의 점. 쌀과 우유 그리고 붉은색의 천연 광물로 만든 가루이다. 네팔이나 인도 사람들은 남녀를 불문하고 이마에 티카를 칠하고 다닌다. 이마 전체를 칠하거나 두 눈썹 사이에 점을 찍기도 한다.

어떤 일이 벌어졌을지 지금 와서 생각하니 궁금하다. 감히 그 어떤 쿠마리도 상상조차 못했겠지. 그만큼 우리는 철저하게 훈련을 받았던 것이다.

일기장을 다시 덮었다. 열광하는 군중을 뚫고 지나갔을 어린 사자니의 수레 행렬을 떠올려 보았다. 환호하면서 어떻게든 가까이 오려고 서로 밀치는 사람들을 보며 그녀는 무슨 생각을 했을까?

나는 자리에서 일어나 조심스럽게 책상 앞에 앉았다. 혹시 알렉스가 메신저에 들어와 있지 않을까. 지금 알게 된 것들을 누군가와 나누고 싶었다. 알렉스 말고는 생각나는 사람이 없었다. 일기장을 받은 이후, 지금처럼 외톨이가 된 기분은 처음이었다. 할머니와 엄마를 향한 연민이 일었다. 가족의 이야기와 이 외로운 마음을 나눌 친구가 필요했다.

비밀번호를 입력했다. 접속자 리스트가 떴다.

딱 한 사람밖에 없다. 그런데 알렉스가 아니다.

HCD.

누구지? 몇 초가 지나서야 정신이 번쩍 들었다. 세상에! 위그 카르티에 당피에르다.

이제 와서 뒤로 물러설 수도 없다. 내 아이디를 봤을 텐데. 로그아웃하기엔 이미 늦었다.

요 며칠 동안 혼란스러워 위그에 대한 마음이 좀 사그라졌다고 생각했는데, 그게 아니었다. 현실로 다가오자, 심장 뛰는 소리가 귀에서 쿵쿵거릴 정도로 제정신이 아니었다.

컴퓨터 화면을 뚫어지게 바라보며 이다음에 일어날 일을 기다리는 수밖에.

잠시 뒤, 문장 하나가 떴다. 너무도 평범한 까만 선을 응시했다. 그 선이 하얀 화면 위에서 혼자 윙윙거리는 것 같았다.

HCD: 아직 안 자?

나는 숨을 크게 들이쉬고, 답을 보냈다.

마리: 나 혼자만 깨어 있는 것 같진 않은데 ^^
HCD: 잠이 안 와서.
마리: 공부 중?
HCD: 아니. 너는?
마리: 나도 잠이 오지 않네.
HCD: 뭐하고 있었는데?

잠시 머뭇거리다 답했다. 서로 얼굴을 보지 않고 얘기해서 그런지 대화가 훨씬 자연스러웠다. 갑자기 얼굴을 붉히거나 말을 더듬거릴 일도 없고, 침을 튀길까 봐 조심할 필요도 없다.

마리: 뭘 좀 읽고 있었어. 네팔에 관한 소설…….

HCD: 거기가 네 고향이야?

마리: 내 고향은 아니고 할머니 고향.

믿지 않아도 할 수 없지만, 예전에 우리 할머니가 황금 새장 속에 갇혀 지냈던, 살아 있는 여신이었대…….

HCD: 오, 네팔. 달라이 라마, 히말라야 그런 거…….

달라이 라마는 티베트인데. 아니 좀 더 정확히 말하자면, 달라이 라마가 망명하지 않았더라면 당연히 그곳에 있어야 했다는 뜻이다. 하지만 그런 말은 하지 않았다. 잘난 척하는 아이로 보이고 싶진 않았다. 또 다시 메시지가 도착했다.

HCD: 다문화 = 진짜 행운

행운이라고? 그 말에 헛웃음이 났다. *다문화, 말이야 좋지! 하지만 넌 모를 거야.* 온갖 거짓말과 비밀로 뒤덮여 있는 걸.

HCD: 마리, 영화 보러 가지 않을래?

내 눈이 의심스러웠다. 문장을 읽고 또 읽었다. 혹시 잘못 본 것이 아닐까? 지금까지 얼굴을 마주 보고 2분도 채 얘기한 적이 없는데,

영화를 보러 가자고? 믿어지지가 않았다. 컴퓨터 화면을 바라보고 있을 그를 상상해 본다. 그러다 갑자기 끔찍한 장면이 머리를 스쳐 갔다. 혹시 지금 친구들하고 왁자지껄 놀다가 날 골탕 먹이려고 장난치는 건 아닐까?

HCD: ……

세상에, 그가 내 대답을 기다리고 있다. 바로 '그래'라고 대답하고 싶어 안달이 났다. 그는 신중한 아이이다. 내기 따위나 할 그런 아이는 절대 아니다. 나는 마법의 두 단어를 쳤다. 열려라 참깨! 온몸이 떨리고, 심장은 마구 두근거렸다.

마리: 그래. 언제?

HCD: 토요일 어때? 영화는 네가 골라.

여신에서 평범한 소녀로

토요일이 어느새 내일로 다가왔다.

학교 앞, 편의점 가판대에서 내일 볼 영화를 고르려고 신문을 뒤적거렸다. 가게 주인이 당장이라도 '얘야, 여기가 도서관인 줄 아니?' 라고 핀잔을 줄 듯 흘겨보았다.

위그가 혹시 날 시험해 보려는 건 아니겠지. 알렉스의 형이 그랬다고 했나? 허영심 많은 여자를 걸러 내는 데는 찌그러진 소형차를 끌고 나가는 것보다 더 좋은 방법은 없다고.

뭘 보지?

영화 제목을 살피는 게 벌써 네 번째다.

〈지옥에서 보낸 3일〉 : 로봇처럼 건장한 남자 주인공들 간의 추격전이랄까? 이걸 보자고 하면 내 아이큐가 참새 아이큐 정도밖에 안 된다고 생각하겠지. 아니면 자기를 그 정도로 여긴다고 생각할지도 몰라.

〈그 해 가을의 독일〉 : 독일 영화감독 파스빈더의 옛날 영화다.

첫 데이트에서 보기에는 조금 위험하다. 특히 그가 복잡한 추리물을 기대하고 있다면 완전히 빗나간 걸 테니 말이다. 누가 알아? 미래의 여자 친구의 지능을 알고 싶어 할지도 모르잖아.

〈내 아내의 애인〉 : 아주 나쁜 카드다. 내가 특별한 저녁 시간을 기대한다고 오해할지도 모른다. 그렇다면 최악의 선택이 되겠지.

나머지는 감성적인 로맨스나 호러, 만화 영화밖에 없다.

이럴 때 왜 네팔 영화는 없는 건지? 뭐 매달은 아니라도 적어도 이번 주말, 아니 내일 저녁만이라도 그런 영화를 상영하면 좋을 텐데. 티베트 관련 영화도 괜찮고. 사실 그게 더 낫겠지. 〈리틀 부다〉가 재개봉하면 얼마나 좋을까. 영화를 보고 나서 얘기하기도 좋을 테니 말이다.

나는 완전히 실망한 얼굴로 신문을 가지런히 접어 제자리에 올려놓았다. 주인 아저씨가 낡은 외투 차림의 할머니에게 거스름돈을 건네주며 내게 또다시 짜증 섞인 눈길을 보냈다.

아, 뭐 그럴 것까지. 신문이 구겨진 것도 아닌데.

그러다 신문 뒤쪽 기사가 갑자기 눈에 들어왔다. '프랑스 연극의 부활, 허구인가 진실인가?'

마치 30분 이상 고장 났던 엘리베이터가 다시 작동하는 느낌이었다. 그렇지, 연극이 있었어. 왜 진작 이 생각을 못했지?

시계를 봤다. 1시 15분. 수업 시작까지 15분 남았다. 아무리 뛰어간다 해도 노드 극장까지 가서 프로그램을 확인할 시간은 안 된다. 괜찮아. 나중에 인터넷으로 검색하지 뭐. 중요한 건 뭘 볼지 찾아냈다는 거다. 나는 조금 안심하면서 가판대에서 물러섰다. 위그가 뭐라고 할지 궁금했다.

학생 주임 선생님이 평소의 거북스런 표정을 지으며 다른 선생님이 체육 수업을 맡기로 했다고 알려 줬다. 내 앞 자리에 앉은 루드밀라는 이때다 싶었는지, 호기심 가득한 얼굴로 손을 번쩍 들고 물었다.

"왜요?"

마르탱 선생님은 어쩔 줄 몰라 했다. 이마에 '지금 나는 몹시 당황하고 있음' 이라는 네온사인 간판을 붙이고 있는 듯했다. 그녀는 안경알을 연신 블라우스에 비비면서 아무렇지도 않은 척했다.

"음…… 지금은 얘기해 주기가 좀 곤란한데. 때가 되면 다 알게 될 거야."

나도 모르게 엄마가 말했던 암울한 이야기가 떠올랐다. 그러면서 생각이 자연스럽게 사자니 할머니에게 옮아갔다. 사실, 하루 종일 사자니 할머니의 죽음에 대한 생각뿐이었다. 어렸을 때 품었을 꿈들, 소녀 시절의 생각들, 어른이 되어 느꼈을 회한들, 엄마와의 관계, 아무 말 없이 집을 나간 어린 딸을 그리워하는 마음, 가족도 없이 고향에서 멀리 떠나와 맞이한 죽음…….

장 할아버지는 할머니의 죽음에 대해 아주 짧게만 말하고 지나갔다. 그제야 내가 아는 게 별로 없다는 사실을 깨달았다. 무슨 암이었을까? 정신적이고 육체적인 고통을 고스란히 겪진 않았을까? 아니면 몸이 점점 사그라지는 것을 끝까지 지켜보지 않아도 되는 행운을 누렸을까?

왠지 할머니는 죽음을 두려워하지 않았을 거라는 생각이 들자 마음이 편안해졌다. 불교에서 육체는 영혼을 옮겨 주는 껍데기일 뿐이다. 죽음은 다음 생으로 건너가는 통과 의례이기에, 끝이란 존재하지 않는다고 한다.

갑자기 할머니가 보고 싶어졌다. 할머니의 눈을 바라보지 못하는 대신 할머니가 남긴 글을 읽고 싶었다. 힐끗 시계를 보았다. 수업이 끝나려면 아직 40분이나 남았다. 그때까지 참을 수 없을 것 같았다. 당장 읽어야 했다.

어제부터 학교에 일기장을 가지고 왔다. 내 곁에 두는 게 제일 안전해 보였기 때문이다. 지금까지 이 얄팍한 일기장만큼 뭔가에 집착해 본 기억이 없다. 사자니 할머니의 이야기는 내가 그렇게 알고 싶어 했던 내 근원을 풀어 줄 실타래였다.

꼭 하루 일과가 끝날 때까지 기다려야 하나? 아니, 지금 이 수업이 끝날 때까지 기다려야 하나? 나는 슬그머니 스웨터 안에 일기장을 감췄다. 그리고 손을 번쩍 들었다. 처음 있는 일이었다. 하지만 무슨 상관이람!

"마리, 왜 그러니?"

"몸이 좀 좋지 않아서요. 화장실에 다녀와도 될까요?"

마르탱 선생님은 공개적으로 언급하기 곤란한 여학생의 생리 문제라고 생각하는 것 같았다.

"어, 그래, 그래. 어서 갔다 와. 누가 같이 가 주면 좋겠니?"

"아니에요. 괜찮아요. 고맙습니다."

나는 배를 움켜쥐고 괴로운 척하면서 자리에서 일어나 교실 밖으로 나왔다.

여학생 화장실 문을 열고 들어서자 공포 영화에서처럼 음산한 기운이 퍼지는 듯했다. 당장이라도 괴기스러운 일이 벌어질 것처럼 이상하리만치 고요했다. 칸마다 차례차례 고개를 들이밀고 아무도 없는지 확인했다. 그리고 마지막 칸으로 들어갔다. 문을 걸어 잠근 뒤 변기 뚜껑을 덮고 앉았다. 엉뚱하게 돌아가는 상황과 거침없는 내 행동들이 그저 놀라울 뿐이었다. 파란만장했던 사춘기가 지나간 뒤 의아할 정도로 침착해졌는데 말이다.

나는 지금 막 훔친 사탕을 몰래 맛보는 아이처럼 일기장을 조심스럽게 꺼냈다. 조금 전 읽다만 부분을 펼쳐서 사자니 할머니를 다시 만나러 갔다.

쿠마리로 군림한 날들은 거침없이 흘러갔다.

물론 이런 삶이 영원하지 않을 거라는 건 잘 알고 있었다. 내가 자라서 진짜 여자가 되면 어쩔 수 없이 초경을 하게 될 거라는 이야기를 들었다. 나는 별다른 고민 없이 그날을 생각하곤 했다. 그 일은 불확실한 먼 미래의 일이었다. 열세 살 소녀가 언젠가 얼굴에 주름이 자글자글한 노파가 될 거라고 상상하기 어려운 것처럼 말이다.

여느 때와 다르지 않은 9월의 어느 아침이었다. 하루에도 여러 번 시도 때도 없이 세찬 비가 쏟아지는 장마철이었다. 그해, 나는 열네 살이었다.

접견실 쪽으로 가는 도중, 허벅지 사이로 미지근한 뭔가가 흘러내리는 느낌이 들었다. 수를 놓은 병풍 뒤로 얼른 몸을 숨기고 치마를 들춰 보았다. 그러고는 몇 초 동안 아무 생각 없이 어두운 빛깔의 가는 실 같은 것을 뚫어져라 쳐다보았다. 그러다 그게 피라는 걸 깨달았다. 내 삶을 송두리째 바꿔 놓을 피라는 걸 말이다.

이제 내게 무슨 일이 벌어지는 거지? 이전의 쿠마리들은 어떻게 했지? 다들 자기 집으로 돌아갔나? 물러난 여신에게 집이라도 마련해 주는 것일까? 나는 걱정하지 않았다. 나는 많은 사람들에게 추앙받을 뿐만 아니라 국왕을 인도하고, 왕권의 존속을 보장하는 여신이었으니까. 어떤 불행도 내게 일어날 리 없다고 믿었다.

그만큼 나는 무지했다. 나는 결코 여신이 아니었다. 단지 몸을 빌려 주었을 뿐이었다. 초경을 시작하자 내 안에 살고 있던 여신은 나를 떠나, 나를 대신할 또 다른 여자아이에게 옮겨 갔던 것이다.

승려들은 내 초경 사실을 알게 되자마자 바로 새로운 쿠마리 간택 작업에 들어갔다.

다음 날 새벽, 사람들이 나를 부모님 집으로 데려다 주었다. 여전히 가마를 타고 갔지만 이번만큼은 사람들의 눈에 띄지 말아야 했다. 우리 일행은 어둡고 지저분한 거리를 지나갔다. 공기는 습하고 무거웠다. 겁먹은 암탉들이 꼬꼬댁거리며 부산스럽게 돌아다녔다. 내 머릿속은 하얗게 텅 비었다가도 이내 내 앞에 펼쳐질 알 수 없는 세계에 대한 의문들로 가득 차올랐다.

가족 모두 집 앞으로 나와 나를 맞이했다. 부모님은 감격스러운 얼굴인 동시에 겁먹은 표정을 짓고 있었다. 사람들이 나를 가마에서 내려 주었다. 그렇게 나는 10년 만에 처음으로 땅에 발을 디뎠다. 현기증이 났다.

엄마가 잠시 머뭇거리다 나를 두 팔로 감싸 안았다. 그런데 느낌이 너무 싸늘했다. 그동안 허락을 받아 몇 번 나를 찾아왔을 때를 제외하곤 엄마와 가까이 지낸 적이 없었다. 나는 엄마를 알지 못했다.

언니는 열여섯 살이었는데, 자신보다 나이가 두 배나 많은 남편과 함께 와 있었다. 그는 작은 시계방을 운영한다고 했다. 언니는 진심 어린 미소를 지으며 임신해서 잔뜩 부풀어 오른 배 위에 두 손을 가지런히 올려놓고 있었다.

부모님이 고개를 숙이고는 내게 따라오라고 청했다. 내가 태어난 집으로 들어가는 일은 더없이 기쁘고, 잊고 지냈던 기억을 되살려 줄 거라고 상상했는데, 전혀 그렇지 않았다. 작은 방 안을 꼼꼼하게 둘러보았다. 아무런 감동도 일지 않았다. 내가 그동안 지냈던 화려한 사원과 대조적인 모습들만 눈에 들어올 뿐이었다. 부모님은 내가 쿠마리로 간택된 덕분에 꽤 넉넉한 생활을 할 수 있었다. 그럼에도 그들의 가난은 내게 몹시 충격이었다. 승려들 쪽을 돌아보았다. 내가 정말 이곳에서 살아야 하는 건가요?

쿠마리 폐위 절차에 따라 나는 나흘 동안 부모님 집에 갇혀 있어야 했다. 승려 둘이 부정한 기운을 쫓고 평안을 기원하는 종교 의식을 거행했다. 꼼짝없이 쓰고 있어야 하는 무거운 장식 때문에 머리가 너무 아팠다.

나흘째 되는 날 새벽, 탈레주 여신을 모시는 승려 둘이 방으로 들어왔다. 그들은 아주 경건한 자세로 내 머리에서 장식을 떼어 내고, 마지막 의식을 거행했다.

옷 몇 벌을 제외한 쿠마리의 옷과 장신구들은 돌려줘야 했다. 승려들에게 사원에 처음 도착한 날 입었던 예복을 갖고 싶다고 했더니 다음날 직접 가지러 오라고 했다. 깜짝 놀랐다. 지금까지는 내게 모든 것을 가져다주었는데.

언니는 자기가 입던 사리를 부끄러운 듯 내게 내밀었다. 나는 그 옷을 들고 가만히 서 있었다. 그러다 이제는 스스로 옷을 입어야 한다는 사실을 깨달았다. 다른 사람들에게는 당연한 일이었지만 내게는 몹시 생소했다. 옷끈을 어떻게 묶어야 하는지도 몰랐으니까. 내 눈을 바라보고 있던 언니는 내가 당황하고 있는 걸 알아차렸다.

승려들이 방에서 나가면서 내게 마지막 눈길을 건넸다.

이제 방에는 언니와 나밖에 남지 않았다. 그제야 언니가 다가와 정성껏 옷을 입혀 주기 시작했다. 승려나 시녀가 아닌 사람이 내 몸을 만지고, 내 눈을 똑바로 응시한 것은 10년 만에 처음이었다. 더없이 투명한 시선이 마주치자 온몸이 떨렸다. 10년 동안 듣지 못했던 내 이름을 부르는 걸 들었을 때도 그랬듯이.

"사자니, 널 다시 만나게 되어 정말 기뻐."

지금까지 사람들은 언제나 나를 '경배하는 여신'이라고 불렀다.

나는 조용히 흐느끼기 시작했다.

첫해는 무척 힘들었다.

여신으로 살았던 10년의 세월 때문에 평범한 일상을 보내는 게 쉽지 않았다.

마을을 벗어나 어디든 마음대로 돌아다니는 것을 그렇게 오랫동안 꿈꿔 왔는데, 첫 외출부터 씁쓸한 모욕감만 맛보고 돌아와야 했다.

거리는 더러운 쓰레기로 뒤덮여 있었고, 왁자지껄한 소음과 누더기를 걸친 아이들로 들끓었다. 내가 알고 있던 도시가 아니었다. 성스러운 축제 행렬이 지나던 거리는 갖가지 소원을 담은 화려한 깃발이 바람에 나부끼고, 엄숙한 분위기를 풍겼다. 그러나 내가 직접 두 발로 딛고 목격한 카트만두는 두렵기만 했다.

내가 본 것들을 도저히 이해할 수 없었다. 이 여자는 렌즈콩으로 만든 음식을 앞에 놓고 잔뜩 웅크리고 앉아 뭘 하고 있는 거지? 이 남자는 왜 더러운 돼지를 안고 있는 거지? 이 개들은 왜 이렇게 비쩍 마른 거지? 먹이를 주는 사람이 없나?

사람들도 나를 알아보지 못했다. 이해할 수 없었다. 내가 하찮은 장사꾼이기라도 한 듯, 나를 아무렇게나 불러 세웠다. 남자들은 짐을 두 팔에 가득 안은 채 나를 밀치고 지나갔다. 인력거가 뿌연 먼지를 일으키며 내 옆을 지나쳤다.

나를 알아보지 못하는 사람들 때문에 뼛속까지 아프고 고통스러웠다.

한 번도 신어 본 적 없고, 발에 상처만 입히는 신발 때문에 몇 번이나 더러운 바닥에 넘어졌다. 그러다 지붕 꼭대기에 앉아 울어대는 원숭이 소리에 깜짝깜짝 놀랐다.

나는 눈물범벅이 되어 집으로 돌아왔다. 죽음을 피할 수 없는 이 평범한 사람들과의 접촉에 구역질이 날 것 같았다. 도대체 나는 어떤 존재고 앞으로 어떻게 될 것인지 알 수 없었다.

몇 개월 동안 가족들은 내게 공손했다. 그러다 차츰 공동생활을 하려면 여러 규칙을 배워야 한다고 했다. 식사 준비, 바닥 청소, 빨래 등 한 번도 해 본 적 없는 집안일을 도와야 했기에 쉽지 않았다. 내 행동은 굼뜨고 서툴렀다. 몸은 금방 녹초가 됐다. 시간이 지날수록 가족들과 같이 사는 게 불편해졌고, 앞으로도 절대로 익숙해질 수 없는 낯선 세계에 뚝 떨어진 것만 같았다.

아무도 내 시중을 들거나, 나를 씻겨 주지 않았다. 식사 준비도 해 주지 않았다. 어느 날, 갑자기 어미가 등을 돌리는 바람에 세상에 혼자 남은 어린 짐승처럼 모든 걸 스스로 해결해야 했다.

사원 밖으로 날 쫓아낸 승려를 향한 분노의 감정에 슬픔마저 뒤섞여 들었다. 내 자신이 부러진 쿠쿠리* 칼날 같았다.

나는 쿠마리로 살았던 옛 시절을 끊임없이 떠올렸다. 그때는 몹시 증오했지만, 가만히 생각해 보면 엄격하고 단조로운 삶이 오히려 평화로웠던 것 같았다. 그 삶이 그리웠다.

사원에서 나올 때 가져온 황금빛과 붉은빛이 도는 치마를 어루만졌다. 묵직한 천에 닿은 촉감에 더 절망했는지, 위로를 받는지, 그것조차 알 수 없었다.

시녀들이 보고 싶었다. 아산티가 새로 간택된 쿠마리의 머리를 빗어 주는 모습을 상상해 보았다. 그녀가 미워졌다.

둔탁한 소리에 흠칫 놀랐다. 알람 소리를 듣고 꿈속에서 깨어나듯 정신이 번쩍 들었다. 누군가 화장실 문을 두드리고 있었다. 나는 허겁지겁 일기장을 숨겼다.

"마리? 안에 있지?"

세상에! 마르탱 선생님이었다. 선생님은 다시 문을 쾅쾅 두드렸다.

"마리? 안에 있는 거지? 대답해! 그 안에 들어간 지 벌써 40분이나 지났어. 무슨 일 있는 거니?"

* **쿠쿠리** 네팔인들이 허리춤에 차고 다니는 전통적인 단도이다. 칼에 홈이 있어 희생 제물을 바칠 때 피가 흐르지 않게 되어 있다.

나는 화장실 문을 열고 모기만 한 소리로 대답했다.

"죄송해요. 그게…… 몸이 좀 좋지 않아서요."

마르탱 선생님이 당황한 얼굴로 나를 바라보았다.

"그러게. 얼굴이 완전히 창백하네. 그러고 있지 말고 빨리 나오렴."

선생님은 나를 부축하고 복도를 지나 텅 빈 교실로 나를 데리고 갔다.

"전화 있니? 부모님에게 연락해야지."

나는 안도의 숨을 내쉬며 자리에 앉았다. 그렇다고 선생님 말대로 엄마에게 전화를 걸 수는 없었다.

"별일 아닌데……. 부모님까지 걱정시킬 필요는 없을 것 같아요. 이제 괜찮아요."

선생님이 머리를 끄덕였다.

"그럼, 집에 가서 쉬거라. 그러고 있을 순 없잖니. 부모님께 연락해서 데리러 와 달라고 하고."

나는 휴대 전화를 꺼내 집 전화번호를 눌렀다. 마르탱 선생님이 잠시 다른 곳으로 시선을 돌린 틈을 타서 통화 버튼을 누르지 않은 채 얼른 전화기를 귀에 갖다 댔다.

"엄마? 몸이 좋지 않아서요. 학교로 데리러 올 수 있어요? 아니에요. 심한 건 아니고. 집에 가서 말할게요. 학교 교문 아래쪽이요. 네, 15분 후에 갈게요."

그리고 전화를 끊는 척했다. 마르탱 선생님의 얼굴을 보니 자신의 의무를 다했다는 안도감에 꽤 흡족해 하고 있었다.

몇 분 뒤 나는 학교 밖으로 나왔다. 화장실에서 나온 뒤로 머릿속은 온통 사자니 할머니 생각뿐이었다.

내리막길을 뛰다시피 내려와 오른쪽으로 돌았다. 그리고 조지 카페까지 남아 있는 백 미터를 단숨에 달려갔다.

단골 카페의 문을 밀고 친숙한 열기 속으로 숨어들었다.

잔혹한 운명

'조지 카페에 있을게. 수업 끝나면 연락 줘.'

추위에 꽁꽁 언 손으로 알렉스에게 겨우 문자를 보내고는 얼른 뜨거운 코코아 잔을 감싸 쥐었다. 머릿속에는 사자니의 폐위 절차가 영화 필름처럼 쉬지 않고 돌아갔다. 불변하리라 믿었던 것들이 무너져 내리듯 일련의 사건들이 차례차례 벌어졌다.

일기장을 조심스럽게 꺼내 놓았다. 마치 일기장이 살아 있기라도 한 것처럼, 그 안에 들어 있는 이야기를 보호해야만 하는 것처럼. 조합을 기다리는 수만 개의 단어들이 내게 어떤 사실을 알려 줄까. 일기장 어딘가에 사자니 할머니가 '권태' 이야기를 한 적이 있다. 새로운 삶에 적응하려고 애쓰던 때부터 장 할아버지를 만나기까지 무슨 일이 일어난 걸까?

다음 이야기가 너무 궁금했다. 본능적인 욕구라 참을 수가 없었다. 그러면서도 글을 읽고 난 뒤에는, 어쩔 수 없이 떠오르는 장면들 때문에 괴로웠다.

코코아 한 모금을 마셨다. 다행히 코코아는 늘 그렇듯 따뜻하고 달콤했다. 마음이 한결 편안해졌다.

일기장을 다시 펼쳤다.

옛 쿠마리를 만나러 가기로 결심했다. 예전에 쿠마리였던 여자가 우리 집에서 멀지 않은 곳에 산다고 누군가 일러 주었다. 그녀를 만나 뭘 하려는지는 잘 모르겠다. 그저 몇 마디 나누고, 나를 이해해 주는 이를 보며 편안함을 느끼고 싶었는지도 모른다. 아무도 알아 주지 않는 이 불행을 혼자 감당하기 힘들었던 것 같다.

상드라 실라는 핏빛의 진열대가 놓인 정육점 바로 옆, 파란 대문이 달린 작은 집에 살고 있었다. 주로 가난한 사람들이 사는 꽤 시끄러운 동네였다. 대문이 열려 있어서 안으로 들어갔다. 그녀는 작고 지저분한 방 한구석에 홀로 있었다. 군데군데 시꺼먼 때로 얼룩진 붉은색 치마를 입고, 허름한 금색 종잇조각을 덧씌워 놓은 큼직한 나무 의자에 앉아 있었다. 형편없긴 했지만 그 의자가 쿠마리였을 때 앉아서 축복을 내리던 의자를 따라 만든 것임을 금방 알 수 있었다.

나는 그곳에서 아무것도 찾을 수 없다는 사실을 깨달았다. 늙은 여인은 오직 옛 기억 속에서 살고 있었다. 그녀는 하루 종일 신도들이 그녀의 발아래 경배하러 오기만을 기다렸다. 지금도 나는 그 모습을 떠올릴 때마다 끝없는 절망감에 빠져든다. 너무 슬픈 장면이었다.

나는 얼른 일기장에서 눈을 뗐다. 옛 기억 속에 묻힌 채, 다시는 오지 않을 숭배자들을 기다리는 가난한 노파의 모습을 지우려고 애썼다. 어쩌면 사자니 할머니를 덮치려고 기다리고 있던 것은 바로 광기가 아니었을까. 배가 조여 오듯 아팠다. 한꺼번에 여러 장을 넘겨 보았다. 어떤 일이 벌어졌는지 미리 알아야 했다.

집에서 지내기가 점점 더 힘들어졌다. 부모님도 나를 혼인시키려는 기대를 접었다. 쿠마리 출신의 여자와 결혼하는 남자는 그 해가 끝나기도 전에 죽는다는 미신이 떠돌았다. 쿠마리였던 여자와 결혼한 어떤 남자가 피를 토하고 끔찍한 고통에 시달리다 죽었다고도 했다.

무엇보다 나는 내 손으로 할 줄 아는 게 없었다. 스스로 알아서 뭔가를 시도할 줄도 몰랐다. 글을 읽을 줄도, 쓸 줄도 몰랐다. 언니가 나를 도우려고 애썼지만 언니 역시 집안일과 아이들 돌보는 일만으로도 힘에 부쳐 했다. 이따금씩 언니를 힘들게 하고 시간을 뺏는 것 같아 죄책감마저 들었다.

아침에 눈을 뜰 때마다 하루가 빨리 지나기만을 바랐다. 어떻게 살아야 하는 건지, 삶의 나침반을 잃어버린 것 같았다. 나를 사랑해 주는 사람도 없었다. 더 이상 부처를 믿지도 않았다.

나는 깊은 상실감에 빠져 있었다. 이것은 서양 사람들이 흔히 말하는 우울증보다 더 지독한 병이었다. 모든 것이 멈춰 버리기만을 바랄 뿐이었다.

그런데 마침내 일이 일어났다.

'그런데 마침내 일이 일어났다.' 나는 마지막 문장을 중얼거렸다. 갑자기 나의 미래를 알아 버린 것처럼 숨이 턱 막혔다.

무슨 뜻이지? 무슨 일이 일어난 거지? 혹시 자살을 생각한 건가? 일기장을 미친 듯이 넘겼다. 지금 당장 무슨 일인지 꼭 알아야 했다.

집을 떠난 지 어느새 2주가 지났다. 고심 끝에 내린 결정은 아니었다. 그냥 벌어진 일이었다. 그게 다였다.

더 이상 집에 머무를 수 없었다. 갈 곳은 없었지만 그렇다고 집이 내가 있을 곳은 아니었다. 나는 아무 생각 없이 쿠마리 사원 쪽으로 걷기 시작했다.

오래전 내가 살던 사원의 나무 창 아래 섰다. 불순한 신자처럼 안을 들여다보고 싶었다. 창 안쪽으로 이미 생기 잃은 눈을 가진 세 살 난 어린아이가 언뜻 보였다.

나는 얼른 골목길로 숨었다. 조금 전 본 것과 내가 서 있는 곳에서 멀리 달아나고 싶었다. 내가 무엇 때문에 서러워하는 걸까. 나의 운명, 아니면 좀 전에 보았던 소녀의 운명 때문인가.

아주 오랫동안 맨발로 넋을 놓은 채 걸었다. 마치 다른 세계를 떠돌듯 방향조차 알 수 없는 거리를 방황했다. 이국적인 분위기를 찾는 히피 관광객들에게 돈을 구걸해서 리치나 차파티를 사 먹곤 했다. 남이 먹다 버린 음식을 주워 먹기도 했다. 지난 십 년 동안 신성하고, 깨끗한 음식만을 입에 댔던 나였다. 그런데 지금은 다른 사람의 입속에 들어갔던 지저분한 주토*인지 아닌지도 상관하지 않게 된 것이다.

그러던 어느 날, 카트만두 북동쪽 바그마티 강가에서 그를 만났다. 그의 치아는 새하얗고, 살결은 햇빛에 반사되어 더없이 반들거렸다.

그는 내 곁으로 다가와 앉더니 나를 내려다보았다. 집을 떠난 뒤로 누군가 내게 관심을 보인 것은 처음이었다. 그는 다정한 눈길로 날 보며 미소까지 지었다. 그의 맑은 얼굴과 길고 검은 속눈썹에 매료될 수밖에 없었다.

그가 내 이름을 물었다. 여러 번 내 이름을 중얼거리더니 두 손을 모으고 아주 정중하게 고개를 숙여 인사를 하는 것이었다. 그러고는 자리에서 일어서 잠시 기다려 달라고 하고는 어디론가 가 버렸다. 나는 꼼짝하지 않고 가트*에 앉아 성스러운 강물 위로 떠다니는 쓰레기들을 바라보고 있었다.

몇 분 뒤 그가 어디선가 카레라이스를 구해 가지고 달려왔다. 나는 허겁지겁 음식을 입에 넣었다. 따뜻한 기운이 배 전체로 조금씩 퍼져 나가자 다시 살고 싶은 욕구가 꿈틀거리기 시작했다.

***주토** '더러운, 오염된'이라는 의미이다. 네팔인들은 다른 사람의 타액이 묻은 음식을 매우 불결한 것으로 여기기 때문에 쿠마리들은 그런 음식을 먹지 않는다.

***가트** '강가에 있는 돌계단'이라는 뜻으로, 갠지스 강의 층계를 가리키며 그중에서도 유명한 성지인 바라나시에 있는 갠지스 강의 층계를 말하는 경우가 많다. 목욕재계를 하거나 화장을 하러 가기 전에 이곳을 통과한다.

나는 꼭두각시처럼 그의 뒤를 따라갔다. 그의 집 창문에는 네와르족 출신 장인의 섬세한 손길이 느껴지는 장식이 새겨져 있었다.

그의 이름은 가네쉬였다. 지혜, 신중함 그리고 지능을 뜻하는 힌두교 신의 이름을 딴 것이라고 했다.

누군가 내 어깨에 손을 얹는 느낌이 들었다. 나는 반사적으로 일기장을 덮었다.

"마리, 코코아 더 줄까?"

조지가 내 뒤에 서 있었다.

"아…… 네, 고마워요."

그녀는 흡족한 표정을 지으며 빈 잔을 집어 들었다.

"그래, 조금만 기다려. 그런데 요즘 뭐 안 좋은 일 있어? 기운이 없어 보여. 살도 좀 빠진 것 같고. 고민 있으면 혼자 끙끙대지 말고 주위 사람들하고 의논하는 게 좋아."

그녀의 목소리가 내가 누비고 있는 가상의 네팔 마을 안에 쩌렁쩌렁 울렸다. 나는 완전히 인터넷 게임 중독자 같았다. 내 가상의 삶은 컴퓨터 화면이 아니라 붉은 일기장 속에서 전개된다는 게 다를 뿐이었다.

나는 고개를 끄덕였다. 그녀가 평소의 더딘 걸음으로 멀어질 때까지 기다렸다가 일기장을 다시 펼쳤다.

그가 나를 자기 방으로 안내했다. 그는 혼자 사는 것 같았다. 결혼도 하지 않은 남자가 혼자 사는 건 흔한 일이 아니었다.

집 안을 둘러보았다. 우리 집보다 훨씬 부유해 보였다. 커다란 벽걸이가 한쪽 벽 전체를 다 가리고 있었다. 시바신이 요동치는 불의 원을 배경으로 춤추고 있는 그림의 벽걸이였다. 바닥에는 행운을 기리는 문양이 집을 보호해 주고 있었다.

오른쪽에는 의식을 위한 제단이 마련되어 있었다. 그 위에 촛불 몇 개가 놓여 있었는데, 그 불빛이 브라마*와 크리슈나*의 모습을 한 작은 조각상 위로 희미한 그림자를 드리우고 있었다.

마음이 편안해졌다.

다른 방으로 사라졌던 가네쉬가 두 팔에 무지갯빛이 어른거리는 푸른색 펀자브를 들고 돌아왔다. 욕실처럼 보이는 방을 가리키며 그걸 내게 가만히 건넸다. 순간, 내 몰골이 말이 아니라는 걸 깨달았다. 불쾌감을 줄 정도로 더러웠을 것이다. 너무 부끄러웠다.

그가 우물에서 길어다 준 물을 대야에 받아 놓고 한참을 닦았다. 온몸에 쌓인 먼지를 털어 내고, 살에 엉겨 붙은 기름때도 말끔히 벗겨 냈다. 살갗이 온통 꺼칠했다. 파시미나처럼 보드라운 피부를 자랑했던 그 시절이 너무 멀게만 느껴졌다.

*__브라마__ 힌두교 최고의 신으로, 우주의 근본 원리를 창조한 창조주. 우주는 '브라마의 알(범란)'이라고 하며, 브라마는 그 우주란을 두 개로 갈라서 하늘과 땅을 창조했다고 한다.

*__크리슈나__ 비슈누 신의 여덟 번째 화신으로 힌두교의 주요 여신이다. 많은 신도들에게 최고의 신으로 숭앙받는다.

그가 완전히 달라진 내 모습을 바라보았다. 그의 눈이 마치 아름다운 보석을 발견한 사람처럼 반짝였다.

내게 생강과 소두구 향이 나는 차를 내밀었다. 우리는 아무 말 없이 뜨거운 차를 마셨다.

그가 내게 자리를 내주며 쉬라고 했다. 나는 백단향내가 짙게 배어 있는 돗자리에 누워 내리 스무 시간을 잠만 잤다.

그 후 한 달간 가네쉬는 나를 위해 요리를 해 주고, 친절하게 대해 주었다. 아침에 일어나면 필요한 게 없냐고 묻고는 밖으로 나갔다. 그리고 저녁이면 또다시 따뜻한 미소를 지으며 돌아왔다. 나는 그를 기다리며 하루하루를 살았다. 한가로이 거리를 거닐거나 창가에 앉아 사람들이 지나다니는 걸 구경하곤 했다. 그는 내게 아무것도 묻지 않았다. 이전에 어떻게 살았는지, 어디서 왔는지, 왜 바르마티 강가에 넋이 나간 채 형편없는 차림으로 앉아 있었는지, 뭘 기다리고 있었는지, 어떤 사연이 있었는지 묻지 않았다. 그는 나를 있는 그대로 받아 주었다.

처음으로 나는 아무 근심 없이 살았던 쿠마리 시절의 모습으로 돌아갈 수 있었다.

여전히 내가 누구인지 알지 못했지만, 한없이 섬세한 손길로 보살펴 주는 그의 곁에서 조금씩 회복되어 갔다.

그러던 어느 날, 모든 것이 변했다.

그는 내게 이제 일을 해야 한다고 말했다. 나는 놀란 표정을 지으며 그를 바라보았다. 하지만 이내 그의 뜻을 받아들였다. 그는 내게 많은 것을 베풀어 주었다. 그의 집에 계속 머물 수만 있다면 어떤 일도 마다하지 않겠다는 마음이었다. 혹시 내가 열심히 일하면 그가 내게 청혼을 하지 않을까? 부모님이 안 계시니 지참금 문제도 없을 테고. 희망이 보이자 용기가 생겼다. 그가 날 도와준다면 하찮고 평범하기만 한 내 존재를 받아들일 수 있을 것 같았다. 죽음을 향해 나아가는 보통의 인간들과 다를 바 없는 나의 삶을 견딜 수 있을 것 같았다.

어떤 일이냐고 묻자 그는 특별히 배우지 않아도 되는 아주 간단한 일이라고만 했다. 그가 한없이 고마웠다. 내가 무능력하다는 것이 드러날까 봐 잔뜩 겁을 먹고 있던 터였다.

다음날 새벽, 그는 나를 깨워 약간의 밥과 우유 한 잔을 주었다. 잠시 후, 옷을 차려입고 머리도 잘 빗으라고 했다. 일할 곳으로 데려다 주겠다며 자기를 따라오라고 했다. 나는 그를 뒤따라갔다. 그를 깊이 신뢰했고, 어떻게든 그를 돕고 싶었다.

우리는 여러 마을을 지나쳤다. 이른 시간이었는데도 거리는 떠들썩했다. 상인들은 개집처럼 초라한 가판대를 곳곳에 펼쳐 놓고 있었다. 그 위로 뿌연 먼지가 잔뜩 쌓인 얼룩덜룩한 잡동사니가 어지러이 널려 있었다. 아낙네들은 물동이를 길어다 두고, 바닥에 쪼그리고 앉아 땅콩이나 잿빛 비누 덩어리들을 팔았다. 그 옆에서 아이들은 쓰레기를 차지하려고 개들과 실랑이를 벌였다. 농익어 문드러진 과일을 파는 아이들도 보였다.

가네쉬를 따라 골목길을 돌아서자 막다른 길이 나타났다. 집들이 다닥다닥 붙어 있어서 그런지 볕이 잘 들지 않았다. 길 한가운데, 앙상하게 야윈 암소 한 마리가 길을 막고 멈춰 서 있었다. 우리는 암소가 길을 내어 줄 때까지 참고 기다렸다.

드디어 골목 끝, 당장이라도 허물어질 것 같은 이층집에 도착했다. 가네쉬는 무슨 색인지 짐작도 할 수 없는 커튼 하나로만 달랑 가려진 현관 앞에 섰다. 나는 실망한 얼굴을 감추지 못하며 여기가 무슨 일을 하는 곳이냐고 물었다. 그는 아무 대꾸 없이 나를 안으로 밀어 넣었다. 그의 행동이 너무 거칠어 낯설었지만 저항하진 않았다. 내가 더디게 움직여 답답해하는 거라고만 생각했다.

단단하게 짓이긴 흙으로 지은 실내에는 장식품 하나 찾아볼 수 없었다. 돗자리 몇 개가 허름한 벽돌 벽에 맞대어 놓여 있을 뿐이었다. 내 또래의 여자아이 하나가 그 위에 앉아 있었는데, 가네쉬를 보자마자 자리에서 벌떡 일어났다. 그녀는 헝클어진 머리카락에, 누렇게 시든 금잔화 빛깔의 사리를 아무렇게나 걸치고 있었다. 가네쉬가 물러서라고 명령하듯 머리를 까닥거렸다. 소녀는 고개를 조아리고 왼쪽 옆방으로 사라졌다. 어딘가 존경과 두려움이 뒤섞인 모습이었다.

"앞으로 여기서 일하면 돼."

그는 무덤덤한 어조로 말하고는 오른쪽으로 난 문을 열었다.

"손님은 이 방에서 맞이하면 되고."

나는 호기심 어린 눈길로 그가 가리킨 방 안을 들여다보려고 다가갔다. 나는 너무 순진했다. 하지만 지금에 와서 돌아보니, 그런 나를 원망할 수도 없다. 나는 십 년 동안 혼자 고립되어 숭배받는 존재로만 살아왔다. 아마 그 누가 덫을 놓았다 해도 머리를 디밀고 빠졌을 게 틀림없다. 나는 막 태어난 아이와 다를 바 없었다. 삶에 대해 아는 게 아무것도 없었던 것이다.

손님맞이 방은 희미한 빛조차 들지 않았고, 공기도 제대로 통하지 않았다. 반쯤 타다 만 초들이 바닥에 널브러져 있었다. 가구라고는 한쪽 구석에 처박혀 있는 형태조차 알 수 없는 쿠션이 전부였다. 우리가 들어서는 기척을 느끼고 도마뱀 한 마리가 쏜살같이 구멍 속으로 사라졌다.

그 순간까지도 나는 내게 무슨 일이 벌어지고 있는지 전혀 알지 못했다.

"제가 여기서 무슨 일을 하는데요?"

나는 오랜 시간 유폐되었던 어린아이의 순진한 표정을 하고는 물었다.

가네쉬는 길고 검은 속눈썹으로 덮인 두 눈을 커다랗게 뜨더니, 한바탕 웃음을 터트리는 것이었다. 갑자기 가슴 한구석이 아릿했다. 지금도 나를 차갑게 쏘아보던 경멸이 가득한 눈빛을 잊을 수 없다.

"설마 아무것도 모른다는 건 아니겠지?"

아무 대답도 못하자 그는 연신 피식거렸다.

"너 같은 애는 처음 본다니까! 도대체 넌 어디서 온 거야? 너 바보 아니니? 아니면 지금 날 놀리는 거야 뭐야?"

나도 모르게 눈물이 가득 차올랐다. 왜 이런 식으로 말을 하는 거지? 모욕과 수치심 아니, 광기에서 나를 구해 준 보호자 가네쉬는 어디로 간 거지?

나를 기다리고 있는 것에 대해 단 한 번도 생각해 본 적이 없었다.

이제 막 새로운 삶을 시작하려는데, 또다시 매몰차게 바닥에 내팽겨졌다.

악몽의 시간은 5년이나 이어졌다.

고통스러운 진실

오후 5시가 막 지나가고 있었다. 여신으로 간택되었고, 불교도와 힌두교도들을 하나로 화합시켜 대중으로부터 숭앙받았던 그녀, 국왕조차 그녀의 허락을 받아야 통치할 수 있었던 그 사자니가 성노예로 전락한 것이다. 그것도 열다섯 살이라는 어린 나이에.

모든 것이 너무 갑작스럽게 벌어졌다. 월요일까지만 해도 나는 할머니가 우리 집에서 몇 백 킬로미터 떨어진 곳에 살고 있었다는 것을 전혀 몰랐다. 그런데 지금은 상상조차 못했던 충격적인 현실을 받아들여야 하다니.

온갖 감정들이 썩은 내 진동하는 소용돌이에 휘말리듯 뒤엉켜들었다.

또다시 속물적인 어른들의 노리개로 전락한 열다섯 살 소녀를 생각하니 한없는 슬픔이 밀려왔다.

모든 것을 잃어버린 나약한 떠돌이 소녀를 거짓된 친절로 꾀어 자신에게 의존하게 만든 사기꾼에게 분노가 일었다.

걷잡을 수 없이 화가 났다. 사자니 할머니를 망가트린 전통이란 것을 이해할 수 없었다. 무지 속에 몰아넣고, 혼자 힘으로 살아갈 수 없게 만든 전통에 화가 났다.

그리고…… 수치스러웠다. 수치심을 느끼는 이기적인 나 자신이 싫었지만 어쩔 수 없었다. 가슴속 깊이 수치심이 웅크리고 있었다. 내가 원했던 순결하고 고귀한 산 정상을 뒤로하고 우뚝 솟은 힌두교 신전을 숭배하는 훌륭한 조상 대신 성노예로 전락해 버린 할머니가 내게 떠넘겨진 것이다.

정작 할머니는 더 끔찍한 시간을 견뎌야 했을 텐데……. 나는 내 생각만 하고 있었다. 한마디로 지독하게 이기적이었다. 하지만 어쩔 수 없었다. 그런 나 자신에게 구역질이 났다.

가슴이 너무 아파 눈물조차 나지 않았다.

일기장 위에 힘없이 엎드려 있는데, 알렉스가 카페로 들어왔다. 잠시 숨을 고르고 나서야 할머니에게 일어난 일들을 겨우 설명할 수 있었다. 처음엔 입이 좀처럼 떨어지지 않았다. 아픈 말들을 내뱉으면 입안에 상처가 날 것만 같았다.

알렉스는 묵묵히 내 말을 들어 주었다. 그러고는 슬픔이 가득한 두 눈으로 나를 물끄러미 바라봤다.

"아! 마리. 네가 너무 안쓰러워. 사자니 할머니도. 무슨 말을 해야 할지 모르겠어. 그냥…… 모든 게 끔찍해."

나는 입술을 꽉 깨물었다.

“제일 끔찍한 건 누구한테 화를 내야 할지 모르겠다는 거야. 지금 당장 그 사기꾼을 만난다고 무슨 소용이 있겠어? 이 빠진 늙은이를 때려눕힌다고 달라질 건 없잖아. 게다가 이미 이 세상 사람이 아니라면 그것조차 불가능하겠지.”

나는 잠시 멈칫하다 말을 이었다. 모든 것을 입 밖으로 내뱉어야 했다. 알렉스만큼은 나를 이해할 수 있을 것 같았다.

“게다가 참을 수 없을 만큼 수치스러워.”

그의 눈을 똑바로 쳐다볼 수 없었다.

“너무 끔찍해. 내 말 이해돼? 그녀가 우리 할머니라는 사실이 너무 창피하고 절망스러워. 하지만 가만히 생각해 보면 성노예의 손녀라고 부끄러워 하거나 여신의 손녀였다고 자랑스러워 해야 할 이유는 없는 것 같아.”

알렉스가 고개를 끄덕였다.

“분명한 건 네 잘못이 아니라는 거야. 어쩔 수 없는 거야. 누구도 네게 가족의 행동을 책임지라고 하지 않아. 그게 잘한 일이든, 잘못한 일이든, 네 탓이 아니야. 너는 너일 뿐이지. 네가 달라지는 건 아니야. 널 이해해. 이 말이 네게 아무런 위로가 되지 않는다는 거 잘 알아. 내 사촌 중에 아주 비열한 짓을 저질러 감옥에 간 사람이 있거든. 그래서…….”

나는 놀란 눈으로 그를 뚫어지게 바라보았다. 처음 듣는 이야기였기 때문이다.

“그런 일이 있었구나. 왜 나한테 한 번도 말하지 않았어!”

그가 눈을 아래로 내리떴다.

"뭐 좋은 얘기라고 했겠어. 우리 집에서도 금기 사항인걸. 부끄러운 일이잖아. 그런 이야기는 전염병처럼 빠르게 퍼진다고 생각하지."

그가 덧붙였다.

"네 할머니와는 완전히 달라. 네 할머니는 어쩔 수 없었잖아. 최악의 순간에 최악의 장소에 있었던 잘못밖에 없어. 누구라도 그 같은 처지에 있었다면 똑같이 함정에 빠졌을 거야."

나는 고개를 끄덕였다. 그의 말이 옳았다. 내 눈에 눈물이 가득 고였다.

"하지만 그동안 내겐 많은 꿈이 있었어. 알렉스…… 나는 아빠가 누군지도 몰라. 네팔이 내가 가진 전부였어."

그는 탁자를 돌아 내 곁으로 다가와 두 팔로 안아 주었다. 처음이었다. 나는 그의 외투에 얼굴을 파묻은 채 흐느꼈다. 그는 외투를 벗을 새도 없이 내 말을 들어 주었던 것이다. 그가 고마웠다.

그는 내게 부드럽게 소곤거렸다. 사자니 할머니는 용감한 분 같다며 자신의 과거를 털어놓기까지 엄청난 용기가 필요했을 거라고 말했다. 그리고 그녀가 장 할아버지와 결혼해 이렇게 글을 남길 수 있었다는 건 악몽 같은 기억에서 벗어나 온전히 치유되었다는 의미일 거라고 했다.

장…… 장 할아버지는 내게 이 일기장을 전해 주려고 나를 그렇게 찾아 헤맸다. 왜 그랬을까. 내 진짜 할아버지도 아니면서.

왜 그가 서두르지 말고 천천히 일기를 읽으라고 했는지 알 것 같았다. 사자니 할머니의 이야기를 내가 쉽게 받아들이지 못할 거라는 걸 짐작했던 것이다.

나의 할아버지…… 마지막 퍼즐 조각이 제자리를 찾아가는 것 같았다. 장 할아버지가 사자니 할머니를 처음 만났을 때 그녀는 스무 살이었고, 임신 중이라고 했는데?

눈앞으로 흰 장막이 툭 떨어졌다. 빛바랜 포스터들이 카페 벽 곳곳에 덕지덕지 붙어 있었다. 축축한 기운과 함께 백포도주, 역한 땅콩 냄새가 한꺼번에 몰려왔다. 내 앞에 앉은 알렉스가 계속 뭔가 말하며 입술을 움직이고 있었지만 아무 소리도 들리지 않았다.

머릿속엔 한 가지 생각밖에 없었다. 어디에서 튀어나왔는지 알 수 없는 생각 하나에 붙들려 있었다.

사자니 할머니가 사원에서 나온 건 열네 살 때였다. 부모님 집에서 열다섯 살에 도망쳤고, 가네쉬와 5년 동안 지냈다. 15 더하기 5는 20이다. 그러니 장이 그녀를 만났을 때 그녀는 여전히 몸 파는 여자였던 것이다. 그밖에 다른 가능성은 없었다. 다시 말해 나의 진짜 할아버지는…… 가엾고 연약한 젊은 여자를 돈을 주고 산 남자…….

구역질이 올라왔다. 일기장을 가방에 깊숙이 밀어 넣었다. 알렉스를 향해 알 수 없는 몇 마디를 중얼거리고는 문 쪽으로 터벅터벅 걸어갔다. 그 뒤 어떻게 버스 정류장까지 갔는지 전혀 기억이 나지 않는다. 어째서 엄마가 그동안 입을 굳게 다물었는지 깨달았다. 왜 과거를 완전히 잊고 싶어 했고, 왜 할아버지를 떠올릴 만한 그 어떤 얘기도 꺼내려 하지 않았는지 비로소 이해가 갔다. 엄마는 모든 것을 다 알고 있었다. 엄마는 누가 자기 아버지인지, 아니, 누가 아버지가 아닌지 알고 있었다. 그렇지만 수십 년이 지난 지금도 엄마는 여전히 자신의 과거를 받아들이지 못하고 있었던 것이다. 그러니 불행과 불운이 처음부터 존재하지 않았다고 믿고 싶었겠지. 어쩌면 나를 보호하기 위해서였는지도, 아니 자기 자신을 보호해야 했는지도 모른다. 딸에게 너의 할머니가 성노예였다고 말해 줄 수는 없었겠지. 나는 할머니를 한 번도 본 적이 없는데도 이렇게 가슴이 아픈데, 엄마는 얼마나 고통스러웠을까? 자기에게 젖을 물리고, 자장가를 불러 주고, 세상을 가르쳐 준 엄마에 대해 어떤 감정을 느꼈을지 짐작이 가고도 남았다. 결국 엄마와 할머니 두 분이 닮았다는 생각이 들자 몹시 씁쓸해졌다. 언젠가 거실에 놓인 심리학 잡지에서 읽은 기사 하나가 생각났다. 꽤 흥미로운 기사였는데 자녀는 무의식적으로 자신의 부모를 용서하기 위해, 혹은 그들의 행동을 합리화하기 위해 그들의 부모와 똑같이 행동한다는 내용이었다.

엄마, 그러니까 엄마는 딸인 나에게 비겁하고, 어리석고, 무책임한 아버지를 만들어 주어서 더러운 이야기를 완성하고 싶었던 거였어?

오후 6시 23분. 나는 버스에서 뛰어내리자마자 미친 듯이 달려갔다. 바보 같은 비밀도 이제 다 끝이다. 말해야 한다. 그것도 당장, 엄마가 일하러 가기 전에 만나야 한다.

허겁지겁 계단을 뛰어올라 현관 앞으로 달려갔다. 문이 잠겨 있다. 이런! 이미 엄마는 병원에 출근한 뒤였다. 시계를 보니 6시 32분이다. 간발의 차이로 놓친 게 분명하다. 어쩌면 각자 탄 버스가 스쳐 지나갔는지도 모르겠다.

열쇠를 꺼냈다. 가슴이 시려 왔다. 밤새 엄마를 기다릴 수밖에.

힘없이 책가방을 내려놓고 천천히 외투를 벗었다. 그러고는 욕실로 갔다. 몸을 씻고 싶었다.

샤워기에서 흐르는 뜨거운 물줄기를 맞으며 서 있으니 눈물이 흐르기 시작했다. 이내 울음이 격해졌다. 치밀어 오르는 분노 때문에 눈물을 참을 수 없었다. 오직 자기들 의식에만 눈이 먼 승려들, 사기꾼 가네쉬, 원하지도 않았는데 내게 모든 걸 털어놓은 장 할아버지, 그리고 이 상황에서도 나만을 생각하는 형편없는 나 자신에게 분노가 일었다.

나는 온수가 바닥날 때까지 샤워 부스 아래 꼼짝 않고 서 있었다. 이어 환자들이 입는 큼직한 흰 가운으로 몸을 감쌌다. 이게 무슨 엉뚱한 짓인지.

침대에 누워 두 눈을 감았다. 더는 사자니 할머니가 성노예로 살았던 때의 일들을 읽을 수 없었다. 마음의 준비가 되지 않았다. 어쨌든 지금 당장은 그랬다.

나는 몸을 공처럼 둥글게 말고 이불을 뒤집어썼다. 원하는 건 하나였다. 더 이상 생각하지 않기. 그러려면 잠을 자야 했다.

두 눈이 떠졌다. 입안이 텁텁했다. 어느새 방 안은 캄캄해져 있었다. 몇 시나 됐을까? 시곗바늘이 새벽 3시 12분을 가리키고 있다. 일련의 사건들이 머릿속에 떠오른다. 내리 여덟 시간을 잔 것이다. 저녁 7시에 잠든 것이 얼마 만인지 모르겠다. 불을 켜고 한 손으로 머리카락을 쓰다듬는다. 머리가 깨질 듯이 아프고, 목이 마르다. 눈물을 너무 많이 쏟고 난 다음은 늘 그렇듯이.

물을 마시려고 거실로 가다 집 안을 짓누르는 침묵 속에서 또 다시 흐느낀다. 분노가 조금 수그러든 자리에 슬픔이 밀려 들어온다.

현관문 안쪽에 아무렇게나 던져 놓은 책가방이 눈에 띄었다. 판도라의 일기장이 들어 있는 가방이다.

일기장을 꺼냈다. 왜 또 이걸 집어 든 건지. 할머니가 사창가에서 보낸 5년의 세월 속에 들어가고 싶지 않았는데. 하지만 그녀가 들려주는 이야기를 들을 수밖에 없었다. 할머니가 내 앞에 서 있는 듯했다. 두 눈에 어린 고통을 고스란히 들여다보고 있는 것 같았다. 예전에『내 이름은 크리스티느 F. 마약 중독자, 성노예』라는 책을 읽은 적이 있다. 그래서 사자니 할머니의 삶을 상상하는 건 어렵지 않았다.

몸이 휘청거렸다. 왜 그런지 돌아볼 여유도 없이 일단 몸의 균형을 잡으려고 했다. 하지만 이미 늦었다. 바닥에 쓰러지면서 양쪽 무릎이 타일 바닥에 세게 부딪쳤다. 몸을 다시 일으켜 세우다 그제야 발이 가방 끈에 걸린 걸 깨달았다. 나는 왜 이렇게 모든 게 서툰 건지. 자리에서 일어나 한쪽에 나뒹굴고 있는 물병을 주웠다. 그리고 허리를 숙여 일기장을 집어 들었다. 마지막 페이지가 펼쳐져 있었다.

그곳에 장 할아버지의 연락처가 적혀 있었다.

까만 글자들이 나란히 줄지어 있는 게 무슨 암시를 주는 것 같았다.

그래, 장 할아버지에게 지금 당장 전화를 걸 수도 있다. 한밤중이면 어때. 뭘 망설이고 있는 거야? 시계가 가리키는 두 숫자 때문에? 적어도 그는 왜 나를 어렵게 찾아와 이 노트를 주려고 했는지 얘기해 줄 수 있지 않을까?

전화기를 바라보다 노트에 적힌 숫자들을 하나씩 누르기 시작했다.

수화기에서 신호음이 들렸다. 열 번, 열다섯 번. *제발…… 제발 일어나라고요!*

드디어 전화를 받았다. 잠에 취한 목소리다.

"여보세요?"

"저예요. 마리."

침묵이 흐른다. 내가 먼저 침묵을 깼다.

"왜 저한테 이 모든 걸 알려 주려고 하셨죠?"

"다 읽었니?"

"아뇨. 전환점에 와 있어요. 너무 혼란스러워요. 이 모든 게 저한테 어떤 영향을 주었는지 짐작도 못하실 거예요."

그의 숨소리가 들린다. 어둠 속에 있겠지. 헝클어진 백발에 고양이처럼 눈을 휘둥그렇게 뜬 채.

"진실과 행복 중 어떤 것을 선택할지는…… 그게 늘 문제지. 안 그러냐? 차라리 아무것도 몰랐으면 했니?"

나는 침묵했다. 하지만 금방 대답이 나왔다.

"그게 문제의 핵심인지는 잘 모르겠어요. 내가 누구인지, 벌써 16년째 끊임없이 제 자신에게 묻고 있으니까요. 16년 동안 내면의 나에게 외치고 있다고요. 제가 정말 원한 건 진실인지도 모르겠어요."

나는 겨우 침을 삼키고는 말을 이었다.

"하지만 진실이 이렇게 절 아프게 할지는 몰랐어요."

"마리야, 널 이해할 수 있단다."

나는 소리치고, 울고불고 난리를 피우고, 그러면서 동시에 보란 듯이 큰 소리로 비웃고 싶었다. 그가 도대체 나에 대해 뭘 안다고, 내 고통에 대해 뭘 안다는 거야!

장 할아버지의 목소리는 더없이 조심스러웠다.

"이미 벌어진 일은 아무도 바꿀 수 없단다. 사자니는 자신이 겪은 일들의 흔적을 남겨야 했어. 그녀에겐 그럴 필요가 있었지. 자신이 견딘 고통의 세월이 아무런 의미 없이 사라지길 원치 않았으니까. 그래서 내가 곁에서 격려했던 거고. 용기를 내라고 했지. 그녀가 자기 자신을 받아들일 수 있도록 말이다."

"상투적인 걸 좋아하시나 봐요."

"하지만 그게 진실인걸."

"왜 엄마가 두 분 집을 나온 거죠?"

"지금쯤이면 너도 짐작했을 것 같구나. 다훼는 이 사실을 결코 받아들이지 못했단다. 네 엄마는 아주 까다로운 아이였어. 많은 걸 원했고 그 어떤 것에도 만족하지 못했어. 자신에 관해서 완전히 다른 이야기를 원했지. 사자니 또한 아빠가 누군지도 모르는 아이를 임신했다는 사실을 받아들이지 못했어. 딸이 태어났어도 가까이하는 게 쉽지 않았지. 어린 딸의 얼굴을 볼 때마다 돈 몇 푼을 던지고 자신을 범했던 남자들이 끊임없이 떠올랐을 거야. 나는 두 사람이 서로를 이해하게 하려고 노력했단다. 결국 엄마와 딸 모두 희생자였으니까. 사자니는 한 번도 스스로 쿠마리가 되길 원치 않았어. 네 엄마도 그런 사연을 지니고 세상에 태어나는 걸 원치 않았고."

나는 겨우 침을 삼켰다.

"엄마도 알고 있어요? 사자니 할머니가…… 돌아가셨다는 걸?"

"아무도 얘기하지 않았으니 모를 거다."

나는 화가 머리끝까지 나서 쏘아붙였다.

"그래서 날 찾은 건가요? 엄마에게 그 얘기를 해 주라고? 아니면 당신들 화해에 나를 이용할 생각이었나요?"

수화기 건너편에선 또 다시 침묵이 흘렀다.

"그렇지 않아. 진심이야. 사자니가 그걸 원했는지는 모르지만 적어도 내게 한마디도 하지 않았지. 그런데…… 네 말을 듣고 보니…… 그렇게 했어도 좋았을 거라는 생각이 드는구나. 네 덕분에 다훼가 엄마의 불행했던 5년 외에 다른 기억들을 간직할 수 있다면 말이다."

잠시 침묵하다 그가 다시 입을 열었다.

"사자니는 괴로운 과거의 기억에서 벗어나기 위해 최선을 다했단다. 용기 있는 여자였지. 일상에 몹시 서투르고, 힘들어 했지만 그럼

에도 불구하고 딸을 진심으로 사랑했단다. 네 엄마가 열여덟 살이 되던 해 집을 나갔을 때 사자니는 그대로 무너져 버렸으니까."

나는 무슨 말을 해야 할지 알지 못했다. 아니, 대답할 말이 없었는지도 모른다.

아무 말 없이 그냥 조심스럽게 수화기를 내려놓았다.

그러고는 천천히 소파에 몸을 기댔다.

창밖 가로등 불빛에 반사된 그림자들이 거실 안으로 유령처럼 어른거렸다. 나는 덩그러니 홀로 남겨져서 시계를 바라보았다. 새벽 세 시. 아직 생각할 시간은 충분하다.

힘들지만 말해야 해!

현관 쪽에서 열쇠가 달그락대는 소리가 났다. 심장이 마구 뛰기 시작했다. 엄마다.

이제 다 털어놓아야 할 시간이다. 일이 어떻게 전개될지, 어디서부터 무슨 말을 시작해야 할지도 몰랐다.

나는 전쟁터로 향하는 전사처럼 자리에서 벌떡 일어났다. 싸워야 한다고 떠미는 사람은 아무도 없었다. 하지만 이것 말고는 다른 방법을 찾지 못했다.

선반 위로 열쇠를 올려놓는 소리가 들린다. 벽장문이 열리고, 옷걸이들이 서로 부딪치며 댕그랑 소리를 낸다.

나는 현관 쪽으로 몇 걸음 걸어갔다. 엄마가 뒤돌다 화들짝 놀랐다.

"어머, 깜짝이야. 마리야! 놀랐잖아!"

엄마가 가슴에 두 손을 얹으며 숨을 깊게 들이쉬었다.

"뭐해? 이 시간에 왜 그러고 있어? 토요일도 아닌데. 가운은 또

뭐고? 엄마가 말했잖아. 그 가운은……."

"잠이 안 와서."

엄마가 가까이 다가왔다. 엄마들의 본능에서 비롯된, 근심 어린 표정을 하고 있었다.

"무슨 일이야? 어디 아파?"

혈관 속까지 다 아프단 말이에요.

"아니, 아프지 않아. 그냥 피곤해. 엄마가 오길 밤새 기다렸어. 할 얘기가 있어서."

엄마의 두 눈에 불안감이 가득 차올랐다. 공포심에 가까울 정도였다.

"세상에, 말도 안 돼. 설마 그건 아니지. 열여섯 살밖에 안 됐는데. 아직 공부할 것도 많이 남았고…… 어떻게……."

나는 두 손으로 엄마를 붙들었다.

"진정해 엄마, 엄마가 생각하는 임신 같은 건 아니야. 내가 엄마처럼 바보짓 할 것 같아?"

나는 입술을 지그시 깨물었다. 마지막 말은 하지 말았어야 했다. 하지만 너무 늦었다. 엎질러진 물이다. 엄마의 눈빛이 순간 차갑게 굳어졌다.

"그럼, 할 얘기가 뭔데?"

"사자니 할머니 얘기."

엄마가 휘청거렸다. 엄마가 충격에 중심을 잃고 흔들리는 걸 바라봤다. 사자니. 얼마 만에 듣는 이름일까.

엄마의 얼굴이 잿빛으로 변했다. 목소리는 얼음장처럼 차가웠다.

"누구라고? 네가 그 이름을 어떻게 알았어?"

나는 다른 질문으로 공격한다. 드디어 경기가 시작된 것이다.

"왜 내게 거짓말을 한 거야?"

내 목소리는 점점 커졌다.

"왜 나한테 아무 말도 안 한 거냐고! 벌써 십여 년째 엄마한테 가족 얘기를 들으려고, 부스러기라도 주워들으려고 얼마나 애걸복걸했는데. 나한테 할머니 할아버지가 이미 돌아가셨다고, 왜 16년 동안이나 거짓말을 했어? 네팔은 알지도 못한다고!"

엄마는 입술을 꽉 깨문 채 나를 지나쳐 부엌으로 갔다. 행동이 로봇처럼 거침이 없다. 나는 엄마 앞을 가로막고 섰다. 또 다시 침묵 속에 숨으려고 하는 엄마를 보자 화가 치밀어 올랐다. 이번만큼은 그렇게 빠져나가도록 내버려 둘 수 없었다.

창문 앞에서 다시 엄마와 얼굴을 마주하고 섰다. 두 손을 불끈 쥐었다.

"엄마, 이번엔 이대로 끝내지 않을 거야. 말해요. 내 말 안 들려요?"

아무 대답이 없다. 그렇다고 포기할 수 없다. 그럴 수 없다.

"엄마를 다휘라고 불러 주면 좋겠어?"

엄마가 뒤를 돌아보며 쏘아붙인다. 입에서 거친 숨소리가 새어 나온다.

"날 그렇게 부르지 마! 절대 용서 못해!"

"엄마 이름이잖아? 사자니 할머니가 엄마를 위해 지어 준 이름 말이야."

엄마의 얼굴이 분노로 새하얗게 변했다.

"도대체 뭘 찾아낸 거야? 왜 그런…… 쓰레기 같은 옛날 일을 뒤적거릴 필요가 있냐고!"

엄마의 고통이 내 심장을 뚫고 지나가는 것 같다. 내 생각이 옳았다. 엄마는 절대로 과거를 인정하지 못하고 있었다.

나는 흰 가운 주머니에서 일기장을 꺼내 식탁 위로 던졌다.

"이제 나도 다 알아."

엄마는 두 눈을 휘둥그렇게 뜨고는 붉은 노트를 쳐다보았다. 영문을 모르겠다는 표정이다.

"모든 게 그 안에 적혀 있어. 장 할아버지가 직접 준 거야."

내 말에 엄마는 다시 한 번 휘청거리더니 겨우 자리를 잡고 앉는다. 이제 바로 그 순간이다. 모든 것을 폭로할 시간!

"할머니가 쿠마리였다는 걸 알았어. 사원에서 쫓겨나 사기꾼을 만났고, 몸 파는 여자가 됐다는 것도. 할아버지가 할머니를 만났을 때 엄마를 임신하고 있었다는 사실도 알게 됐어. 진짜 할아버지가 손님 중 한 사람이라는 것까지."

엄마의 얼굴은 완전히 공포의 그림자로 뒤덮였다.

"그만해!"

엄마의 입에서 비명이 터져 나왔다.

엄마는 바닥에 쓰러져 울음을 쏟아 내기 시작했다. 눈물이 뺨을 타고 하염없이 흘러내렸다. 마치 수도꼭지를 틀어놓은 것 같았다. 엄마의 우는 모습을 바라보는 건 정말 끔찍한 일이었다. 반면 내 마음은 한결 가벼워졌다. 적어도 엄마의 마음이 결코 구멍을 낼 수 없는 단단한 타르는 아니라는 걸 알았으니까.

눈물이 끝없이 흘러내렸다. 결코 멈추지 않을 것 같았다. 나는 더 이상 보고 싶지 않아 고개를 돌렸다. 마침내 울음이 조금씩 잦아들기 시작했다.

"어떻게…… 어떻게 그 분들을 찾아냈니?"

나는 고개를 가로저었다.

"내가 찾은 게 아니야. 장 할아버지가 날 찾아왔어. 교문 밖에서 나를 기다리고 있다가 이 일기장을 줬어."

엄마의 부은 두 눈에 순간 놀라움이 일었다.

"그건…… 왜?"

나는 대답하려다 주춤했다. 아직은 할머니가 돌아가셨다는 말을 하지 않는 게 나을 것 같았다.

"사자니 할머니와 장 할아버지가 함께 이 일기를 썼다고 했어. 할머니가 겪은 일들을 남기려 했다고…… 나는 그렇게 알고 있어."

일말의 빈정거림이 엄마의 눈에 스쳐 지나갔다.

"그분들은 네가 태어났다는 사실조차 모를 텐데."

"장 할아버지가 내게 다 말해 줬어."

엄마는 자신이 유리한 위치에 있다고 생각할지 모르지만 결국 실패다.

나는 한숨을 크게 내쉬고 엄마에게 물었다. 엄마의 입으로 답을 듣고 싶었다.

"그런데 엄마는 왜 지금까지 나한테 아무 말도 안 해 준 거야? 내가 모르면 더 잘 살 수 있을 것 같았어?"

엄마는 두 손으로 얼굴을 감싸고는 다시 눈물을 쏟아 내기 시작했다. 순간 장 할아버지와 나눈 대화가 떠올랐다. 밤새 힘겹게 나눴던 말들이 떠올랐다. 나는 계속했다.

"최악인 건 바로 내가 아무것도 몰랐다는 거야. 지금까지 내가 아는 게 하나도 없다는 거라고! 왜 내가 비밀 속에 묻혀서 살아야 했냐고!"

엄마가 고개를 들었다. 아름다운 얼굴이 붉은 반점들로 잔뜩 얼룩져 있었다. 엄마가 다시 소리를 질렀다.

"그럼, 내 엄마가 남자들에게 몸을 팔다가 나를 임신한 거라고 말해 줘야 했니? 내 아버지가 사창가를 드나드는 난봉꾼이었다고!"

엄마의 눈을 바라보았다. 이런 복잡한 감정의 소용돌이쯤은 이미 다 겪은 것들이었다. 더는 괴로울 것도 없었다.

"엄마가 어떻게 태어났다는 걸 알면 내가 엄마를 덜 사랑했을 것 같아?"

엄마는 이 말에 서럽게 울음을 터뜨렸다. 나는 화장지를 건네주려고 자리에서 일어났다. 견디기 힘든 장면을 피하고 싶었는지도 모르겠다.

엄마가 다시 상처 입은 목소리로 말했다.

"매일 상상했지. 내가 이 모든 걸 알지 못했다면 내 삶이 어땠을까 하고. 아니 차라리 엄마가 날 버렸다면 어땠을까 하고. 하지만 엄마는 날 낳았고, 내게 모두 다 얘기해 줬어. 나를 볼 때마다 증오심에 부들부들 떨었을 엄마 곁에서 어린 시절을 보내야 했어. 매일, 매순간 엄마의 눈에 비친 나는 자신이 겪어야 했던 지옥을 상기시켜 주는 존재였을 뿐이지. 그걸 아는데, 삶에서 어떻게 무언가를 이룰 수 있겠어…… 그리고 어떻게 네게 그걸 얘기해 줄 수 있었겠니?"

모호한 감정들이 조금씩 구체적인 말들로 설명되어 가자 이번에는 내 눈에서 눈물이 흘렀다. 엄마와 할머니 생각에 가슴이 너무 아팠다. 모든 게 어그러진 과거의 이야기 때문이었다.

엄마가 중얼거렸다.

"나도 알아. 어쩔 수 없었다는 거. 그저 운이 없었을 뿐인 거지. 하지만 나 역시 어쩔 수가 없었어. 집을 나오며 생각했지. 엄마와 장아저씨를 다시 보지 않으면 엄마의 과거를 잊을 수 있을 거라고 믿었어. 내가 누구였는지도 잊을 수 있을 거라고."

"그런데 잘 안된 것 같네."

엄마는 싸늘한 미소를 지었다.

"그래. 결국 실패한 셈이지."

나는 일기장을 엄마에게 내밀었다.

"읽고 싶지 않아?"

엄마는 노트를 뚫어지게 바라보다 대답했다.

"아니."

"엄마…… 엄마도 알지? 할머니가 엄마를 사랑했다는 거. 장 할아버지가 그랬어. 엄마가 떠나고 난 뒤 할머니가 다시는 건강을 회복하지 못했다고."

엄마의 두 눈에 슬픔이 가득 어려 있었다. 내가 짐작할 수 없는 다른 감정들도 뒤섞여 있었다. 엄마를 두 팔로 끌어안아 주고 싶었다. 그런데 무언가 나를 가로막는 게 있었다. 어쩌면 아직 내게 엄마를 향한 원망의 앙금이 남아 있는지도 모르겠다. 일기장을 통해서가 아니라 엄마의 입으로 이 모든 이야기를 직접 듣고 싶었는데…….

"그래서 만났니?"

"누구? 장 할아버지?"

"아니. 그분. 할머니."

나는 입술을 깨물었다. 더는 감출 수 없었다. 엄마에게 지금껏 왜 아무 말도 해 주지 않았냐고 실컷 비난한 뒤였으니 말이다.

"엄마…… 할머니는 돌아가셨어. 올여름에."

고마워, 알렉스

엄마와 나, 우리는 둘 다 무너진 가슴을 끌어안고 각자의 방으로 들어갔다.

그러고는 하루 종일 잠을 잤다.

집 밖, 거리에서 들려오는 신경질적인 경적 소리에 잠이 깼다. 얼마나 지났을까? 30분? 두 시간? 모르겠다. 나는 꼼짝하지 않고 등을 바닥에 댄 채 천장을 올려다본다.

무슨 소리가 들리지 않을까 귀를 기울인다. 부엌에서도, 엄마 방에서도 아무 소리도 나지 않는다. 엄마는 아직 잠을 자고 있나 보다. 고단함 때문인지, 슬픔 때문인지 알 수 없다. 하긴 고단함과 슬픔 모두 사람을 지치게 하지.

반면 내 마음은 한결 가벼워졌다. 오랫동안 바라던 평온함이다. 엄마에게 아주 사소한 거라도 알아내려고 아등바등했던 긴 시간들을 되돌아보았다. 분노를 참지 못해 날뛰던 사춘기 때 저질렀던 바보 짓들도 떠올랐다. 그런 행동들이 바늘 끝으로 아물지 않은 상처를 들쑤시듯 엄마를 아프게 했을 것이다.

앞으로 어떻게 될지는 잘 모르겠다. 엄마가 일기장을 읽으려 할지, 아니면 나하고 같이 장 할아버지를 만나려 할지도 알 수 없다. 상관없다. 중요한 건 악취를 풍기던 고름이 드디어 터졌다는 사실이다.

나는 일기장을 다시 집어 들었다. 마지막 장을 펼치고 앞쪽으로 한 장씩 넘겼다. 읽고 싶지 않은 부분을 피하기 위해서였다.

내가 지금 알고 싶은 건 오직 사자니 할머니와 장 할아버지가 어떻게 만났는가 하는 것이다.

가네쉬는 아주 치밀하게 우리를 조종했다. 그는 우리를 의존적인 사람으로 만드는 놀라운 재주가 있었다. 손님들이 가고 나면 우리가 마음대로 지낼 수 있도록 내버려 두었다. 다정하고 부드럽게 말해 주었고 고마워하고 있다는 마음을 전달하려고 애썼다. 영업이 잘 되고 만족스러운 날에는 웃으면서 향기로운 차와 사탕, 과자 등을 선물로 주었다.

그러다가도 손님이 조금이라도 불만을 표시하고 간 날이면 펄펄 날뛰면서 거칠게 대했기 때문에 같이 지내던 아이들 모두 두려움에 떨었다. 마치 어둠의 여신인 칼리*가 머리를 흔들고 검고 기다란 혀를 날름거리며 위협이라도 하는 것처럼 보였다.

* **칼리** 힌두교의 주신인 시바의 배우자. '검다'라는 뜻을 가진 칼리는 매우 잔인하고, 살상과 피를 좋아하는 암흑의 여신이다. 또한 시간, 죽음, 해방의 여신이기도 하다.

어떻게 설명해야 할지 잘 모르겠지만 어쨌든 우리는 그를 만족시키기 위해 최선을 다했다. 어쩌면 그와 함께 보낸 처음 몇 달이 너무 행복하고 평온했기 때문인지도 모르겠다. 그에게서 우리를 구해 주었던 모습만을 보려고 했는지도 모르겠다. 같이 지내는 로시니와 수니타도 가네쉬가 길거리에서 데려왔다고 했다.

가끔씩 정신이 맑아질 때가 있다. 그러니까 내 몸이 더럽혀진 느낌이 들고, 너무 고단해질 때면 커튼을 내리고, 어디론가 정신없이 달아나는 상상에 빠져들었다.

하지만 돈 한 푼 없이 어디를 갈 수 있단 말인가? 직업도 없고, 남편도 없는 여자가 뭘 바랄 수 있을까? 가네쉬와 있으면 먹고 자는 문제는 해결할 수 있었다. 로시니는 인디언 사창가 얘기를 들려주면서 그래도 여기는 대우가 좋은 편이라고 했다. 어쨌든 가네쉬가 우리를 보살펴 주지 않느냐고 했다. 사실 가네쉬는 자신이 원하기만 하면 얼마든지 부드럽게 대할 줄 아는 남자였다. 나는 속으로 그가 나와 결혼해 줄지도 모른다는 희망을 버리지 않고 있었던 것 같다. 그의 눈에는 내가 다른 여자아이들과 다른 존재일 거라고 믿고 싶었던 것일지도 모른다. 하긴 적어도 그는 나를 믿어 주었으니까.

이따금씩 반나절 정도 시간을 주면서 쉬라고 할 때도 있었다. 그 시간만큼은 내가 어떤 삶을 살고 있는지 잊으려고 애썼다. 모처럼 한가한 날이면 가네쉬를 처음 만났던 바그마티 강가에 가서 앉아 있곤 했다. 거대한 파슈파티나트 사원의 중압감에 짓눌려 얼굴

가득 화장터에서 날리는 재를 뒤집어쓴 수도승들을 보면서 나는 전생에 무슨 잘못을 저질렀기에 지금 이 모습으로 환생한 건지 되묻곤 했다.

4년째 되던 해부터인가 그는 가끔씩 돈 몇 푼을 쥐어 주면서 쉬라고 했다. 그런 그가 정말 고마웠다. 어쨌든 나 혼자만 누리는 특혜였으니까.

그럴 때면 나는 차, 화관, 혹은 갓 만든 작은 치즈 조각들을 샀다. 치즈 조각을 조금씩 떼어 아껴 먹었는데 혀 위에 올려놓고 서서히 녹을 때까지 기다렸다가 마지막 순간이 돼서야 삼켰다.

가네쉬가 '집'이라고 불렀던 장소 근처에 달밧을 아주 싸게 파는 노점상이 있었다. 몸집이 왜소한 할머니가 지친 얼굴을 하고 가게를 지켰다. 얼굴과 손은 주름투성이었다. 할머니는 내가 뭘 하는지 알고 있는 듯했다. 하지만 한 번도 나를 무시하거나 피하지 않았다.

몇 주가 지난 어느 날, 할머니가 처음으로 나를 보고 미소를 지었다. 너무나 부드러운 미소, 잔주름이 가득한 얼굴에 가만히 번진 미소가 나를 단숨에 예전의 나로 되돌려 주었다. 할머니의 미소는 내가 좋아했던 시녀인 아산티의 미소를 닮은 것 같았다.

그날 이후 나는 시간이 날 때마다 할머니를 찾아갔다. 내게 엄마가 되어 주었던 유모의 느낌을 떠올리고 싶었다.

어느 날, 할머니가 보이지 않았다. 대신 그 자리에 금발의 유럽 남자가 앉아 있었다. 그에게 다가가 할머니가 어디로 갔냐고 물었다. 그는 유창한 네팔어로 노점 주인이 병에 걸리는 바람에 자기를 고용했다고 말했다.

나는 넋을 잃은 채 아무것도 사지 않고 그곳을 빠져나왔다.

그 후에도 나는 그곳을 자주 찾아갔다. 1월의 어느 아침, 그날도 역시 마을의 개들이 안개 낀 거리를 헤매고 다니는 이른 시간에 일어났다. 노점상 앞에서 그 남자를 기다렸다. 몹시 추운 날이었다. 그는 도착하자마자 찌그러진 작은 주전자를 등유 난로에 올려 물을 끓였다. 그리고는 내게 차를 건넸다. 그는 내가 차를 다 마실 때까지 기다리더니 잘 들리지 않을 정도의 작고 나직한 목소리로 며칠 전 할머니가 돌아가셨다고 말했다. 나는 그의 맑은 얼굴을 응시했다. 그의 얼굴에는 연민이 가득했다. 그때 처음으로 그의 얼굴을 똑바로 바라본 것 같다.

장, 당신이 나를 길들이기까지 정말 오랜 시간이 필요했죠?

우유 잔과 시리얼 그릇을 담은 쟁반을 두 손에 들고 겨우 중심을 잡으며 발끝으로 방문을 밀었다. 조금 전 부엌에서, 울다 지쳐 잠들어 두 눈이 퉁퉁 부은 엄마와 마주쳤다. 엄마는 어색한 미소를 지어 보이고 창가로 가 담배를 피기 시작했다.

엄마는 창밖을 바라보면서 시간이 필요하다는 말만 했다.

나는 엄마의 어깨에 한 손을 얹고, 아무 말도 하지 않은 채 쟁반을 들고 방으로 돌아왔다.

내 안에는 두 명의 내가 있었다. 엄마에게 견디기 어려운 시련을 떠안기고 죄책감에 괴로워하는 마리, 그리고 비록 힘든 결정이었지만 갑작스런 폭로가 결국은 엄마와 나 자신을 구원해 줄 결단이었다는 생각에 스스로를 대견해 하는 마리. 내가 바란 건 두 번째 마리였다.

나도 안다. 당장 내일부터 엄마가 거실에 네팔 국기를 꽂고, 전통 음악을 틀진 않을 거라는 것쯤은 말이다. 게다가 그건 내가 원하는 바도 아니다. 우주적이고 어쩌고 그런 건 상관없다. 중요한 건 엄마와 나, 우리가 서로를 향해 한 걸음씩 다가갔다는 사실이다. 그 생각에 마음이 편안해졌다. 지금까지 한 번도 느껴 보지 못한 편안함이었다.

쟁반을 막 책상 위에 올려놓으려는데, 휴대 전화에서 진동음이 울렸다.

알렉스가 보낸 문자였다. 버튼을 누르자, 작은 편지 봉투 아이콘이 열리면서 글자가 나타났다.

"드디어 그 시간이네. 행운을 빌어!"

그 시간?

아! 말도 안 돼. 연극! 위그 카르티에 당피에르와 연극을 보기로 했는데. 새까맣게 잊고 있었다……. 시계를 봤다. 6시 35분. 지금 당장 잠옷 바람으로 뛰어나간다고 해도, 얼굴에 아무것도 바르지 않고, 머리도 빗지 않고, 이도 닦지 않고, 백 미터 경주를 하듯 버스 정류장까지 달려가도 한 시간은 족히 걸릴 게 분명했다. 약속 시간인 7시는 절대 맞출 수 없다.

한바탕 크게 헛웃음을 터트리고 싶었다. 어떻게 이럴 수 있지. 1년이 넘도록 그가 말을 걸기를 바랐고 마침내 기적이 일어났는데 약속을 어기다니.

설상가상으로 나는 위그의 전화번호도 모른다. 조금 늦을 거라는 변명도 할 수 없게 됐다. 그는 처음에는 내가 왜 늦는지 궁금해 하면서 시계를 자꾸 들여다보겠지. 버스가 막혀서 그러나? 걸어오다 발목이라도 삔 건가? 머리 손질이 마음에 안 들어서 늦어지나? 그러다 결국 씩씩거리며 온갖 욕을 다 퍼붓다 가 버릴 것이다. 이제 그와의 부드러운 키스는 꿈도 못 꾸게 됐다.

그런데 이상했다. 몹시 속상할 거라고 생각했는데. 가만히 생각해 보니…… 맞다, 그냥 웃고 싶을 뿐이었다. 그와의 첫 데이트, 기다림의 시간들 모두 부질없어 보였다.

그가 아무 까닭도 모른 채 무작정 기다리고 있을 거라는 사실만이 미안하고 불편했다. 알렉스에게 연락해야겠다. 그의 연락처를 아는 사람을 알고 있을지도 모르니까.

알렉스의 번호를 누르자 그가 바로 대답했다.

"준비는 다 된 거야? 뭘 입으셨나?"

"면 잠옷에 환자 가운. 그래도 이 가운 완전 새거야."

할 말을 잃은 그의 표정이 떠올랐다. 웃음이 터져 나오는 걸 겨우 참았다. 내가 듣고 싶었던 건 알렉스의 목소리였다. 그동안 내가 얼마나 그를 의지했는지 처음으로 분명하게 깨달았다. 그의 모습을 떠올려 본다. 소파에 등을 꼿꼿하게 세우고 앉은 채 왜 내가 이런 바보 같은 말들을 늘어놓고 있는지 상상하고 있을 거다. 그의 바로 옆에는 여전히 기본 음정조차 맞출 줄 모르는 그의 마스코트, 기타가 놓여 있을 테고.

"뭐라고? 바보 같은 소리 하지 마! 약속 장소에 벌써 도착했어?"

"아니. 나한테 무슨 일이 벌어졌는지 넌 짐작도 못할걸."

"뭘 짐작도 못한다는 거야?"

"완전히 잊어버렸다니까."

수화기 건너편에서 또다시 침묵이 흐른다. 이어 믿을 수 없다는 목소리로 그가 묻는다.

"뭘 잊어버렸는데?"

"데이트 약속."

"거짓말. 지금 농담하는 거지?"

나는 다시 깔깔댔다.

"아니야. 정말이라니까. 잊어버렸어! 완전히 까먹었다고. 이 날을 위해 얼마나 많은 걸 준비했는데. 나 완전 미쳤지? 그치?"

"마리, 뭐라고 하는지 도무지 못 알아듣겠어? 어떻게 그 약속을 잊어버릴 수 있어?"

"진짜야. 근데 더 웃긴 건…… 아무렇지도 않다는 거야!"

"아무렇지도 않다고! 왜 그래? 무슨 일이야? 사자니 할머니 일하고 관계있는 거야? 무슨 일 있었어?"

"뭐 그런 셈이지…… 오늘 아침 엄마한테 다 털어놓았어. 정말 끔찍했지만 어쨌든 내가 해냈어."

수화기 건너편에서 그가 펄쩍 뛰는 소리가 들렸다.

"마리, 정말 잘했어. 자세히 얘기해 봐. 어떻게 된 거야?"

"잠깐. 잊어버리기 전에, 걔 전화번호 있어?"

"누구? 위그? 아니. 설마 늦는다고 미리 연락도 안 해 줬어?"

"그렇다니까. 나도 알아. 이러면 안 된다는 거. 좀 있다 메신저에 접속할 거야. 위그가 날 기다리다 집에 돌아와 메신저에 들어오면, 전화번호를 물어보고, 전화로 미안하다고 할 거야. 다 설명하면 되겠지. 그래도 이해 못한다면…… 할 수 없고……."

"내가 너한테 2주 전에 이 장면을 예견했다면 날 정신 나간 녀석 취급했을걸."

웃음이 났다. 그도 따라 웃었다.

"알았어. 그건 그렇고. 엄마하고는 어때?"

나는 책상 위로 발가락을 부채처럼 쫙 펼쳐서 시리얼 그릇을 끌어당겼다. 그리고 자세한 이야기를 들려줬다. *알렉스, 늘 곁에 있어 줘서 정말 고마워!*

기차에 몸을 싣고

기차 창가에 기대고 앉아, 온갖 상념들이 창밖으로 달아나 눈 덮인 숲과 들판에 새겨지는 것을 바라본다.

엄마와 내가 마침내 마음을 터놓고 마주한 지 일주일이 흘렀다.

일요일은 집에서 보냈다. 엄마를 위해 옆에 있어 주고 싶었다. 엄마 혼자 과거의 기억과 복잡한 감정들을 떠안게 하고 싶지 않았다. 두려웠다. 서로 너무 많은 얘기를 주고받은 뒤였다. 내가 모든 걸 쏟아 내고, 엄마를 심하게 뒤흔들어 놓은 후였다.

처음 얼굴을 마주했을 때가 제일 힘들었다. 둘 다 서로를 쳐다보는 게 두려웠던 것 같다. 정말 이상했다. 나는 여전히 엄마의 딸이고, 엄마 역시 여전히 나의 엄마였다. 그런데 예전과 달랐다. 뭐라고 할까…… 더 완전하고, 강하게 엄마의 존재를 느낄 수 있었다.

아직 이런 얘기를 직접 나누지는 않았다. 내 생각을 다 드러내지 못했다. 엄마에겐 시간이 필요했고, 이제는 나도 엄마에게 시간을 줄 준비가 되어 있다. 나는 곧 우리가 다시 사자니 할머니의 삶을 통해 서로를 돌아볼 날이 올 것이며 수치심 없이, 서로에게 실망하지 않은 채, 고통이나 회한을 떠넘기지 않고 자유롭게 얘기할 수 있는 날이 오리라는 것을 믿는다.

그때까지 기다리기로 했다. 엄마에게는 할머니가 묻힌 곳에 가고 싶다고 했다. 엄마가 내 말을 어떻게 받아들였는지 잘 모르겠다. 엄마는 무표정한 얼굴로 알았다고만 했다.

엄마가 일하러 나갈 때까지 기다렸다 장 할아버지에게 전화를 걸었다. 엄마 앞에서 통화를 하기가 쑥스러웠다. 할아버지는 무척 반기면서 주소를 알려 줬다. 나는 역으로 달려가 생 장 드 모리엔느 행 기차표를 예약했다. 900킬로미터. 산악 지대였다.

위그 얘기를 하자면…… 화요일, 그는 연극 수업 시간 내내 내게 아무 말도 하지 않았다. 좀 실망스러웠다. 그 정도로 속이 좁을 줄은 몰랐는데. 어쨌든 나는 정중하게 사과하며, 내 삶에서 아주 중요한 일이 생겨서 그랬다고, 가족과 관련된 일이었는데 모든 게 뒤엉켜 버린 사건 때문에 그랬다고만 설명했다. 그가 내 변명을 믿지 않을지도 모르겠다. 아니, 그런 일이 처음이라, 정말 화가 났는지도 모르지. 쳇! 사람들한테 왕자처럼 떠받들어지기만 했으니.

약간 무시당한 기분도 들었다. 그래도 두 번째 기회는 줄 줄 알았는데.

연극 수업을 마치고 나오자 알렉스가 기다리고 있었다. 두 손에 작은 상자가 들려 있었다. 오페라 케이크를 사 왔다고 했다. 내가 가장 좋아하는 케이크다. 그가 내게 케이크 상자를 내밀며 사랑에 지독히도 운이 없는 불쌍한 나를 위로하기 위해서라고 말했다. 그의 눈에 장난기가 가득했다. 나는 바보 같은 소리라고 투덜거리면서 손가락으로 초콜릿을 푹 찍어 맛보았다. 그러고는 둘이서 낄낄거리며 케이크를 나눠 먹었다.

뿌옇게 서리가 낀 차창에 알렉스의 얼굴이 그려졌다. 그가 질색하는 코에, 헝클어진 머리카락까지 그대로. 사람들은 이런 걸 사랑이라고 한다던데. 사랑은 때로 전혀 예기치 않은 곳에서 맞닥뜨리는 법인가 보다.

장과 사자니처럼.

일기장에는 장 할아버지 얘기도 적혀 있었다. 처음에는 그를 그가 파는 음식보다 조금 더 가치 있다고만 여겼는데, 그런 그가 그녀를 구했다. 그녀만이 아니라 배 속의 아기까지도.

나는 주머니에서 종이 한 장을 꺼냈다. 일기장에서 엄마가 읽지 않았으면 하는 부분을 찢어, 마지막으로 한 번 더 읽으려고 주머니에 넣어 둔 것이었다.

나는 세상에 대해 많은 것을 배웠다. 카트만두의 더럽고 어두운 골목에서 보내야 했던 몇 년 동안, 다른 여자아이들과 함께 뭇 사내들에게 강제로 내 몸을 바쳐야 했던 그 시간 동안, 인간의 본성과 내 자신에 대해 많은 걸 알게 되었다. 나는 하루에도 몇 차례

씩, 나를 감싸고 있는 갑옷을 더욱 단단하게 만들어야 했다. 스스로를 보호하고 미치지 않으려고, 때때로 나는 내 몸에서 빠져나와 집 위로, 지붕에 걸린 연 사이로 날아올랐다.

어찌됐든 나는 내 자신을 믿었다. 믿고 의지할 사람은 내 자신밖에 없다는 걸 알고 있었으니까.

내 배가 불러 오기 전까지는 그럴 수 있었다.

내게 무슨 일이 벌어졌는지 깨달았을 때, 세상이 한꺼번에 무너졌다. 너무 두려웠다. 가네쉬가 나를 가만두지 않을 게 뻔했다. 내 잘못도 아닌데, 그는 나를 거리에 내다 버릴 것이다. 그러면 나는 또 다시 거리를 방황하게 되겠지. 그 끝에는 어떤 결말이 기다리고 있을까?

부모님께 도와달라고 할 수도 없었다. 그들은 나를 이해하지 못할 것이고, 나는 그들에게 결국 수치심만 안겨 주게 될 것이다.

배가 점점 불러 왔다. 아무리 천으로 꽁꽁 동여매도 소용이 없었다. 내 안에서 자라고 있을 아기를 상상할 때마다 혐오감에 치가 떨렸다. 머릿속엔 한 가지 생각밖에 없었다. 아기를 지우자.

이 아기는 내 아이가 아니다. 말도 안 된다. 어떻게 내 영혼이 허락하지도 않았는데, 원치도 않게 내 안에 들어온 아이를 낳을 수 있단 말인가?

같이 지내는 여자아이들은 혼란스러워 하는 내 마음을 이해했다. 수니타는 어느 노파의 주소를 주며 찾아가 보라고 했다. 자기도 그런 적이 있다고 했다.

나는 평소보다 두 배가 넘는 손님들을 받은 뒤 가네쉬에게 두툼한 돈뭉치를 건넸다. 그러면서 하루만 쉬게 해달라고 애원했다. 그는 돈을 세어 보더니 그러라고 허락했다. 나는 그날 밤을 꼬박 샌 뒤, 다음날 새벽에 아직 잠들어 있는 카트만두를 가로질러 노파를 찾아갔다. 신의 가호가 함께 하기를 빌면서.

나는 노파 앞에서 배를 단단하게 동여맨 천을 천천히 풀었다. 그녀는 드러난 내 배를 보더니 고개를 가로저었다. 너무 늦었다며 도울 수 없다고 했다.

그녀의 발아래 엎드려 그대로 죽고 싶었다.

나는 머릿속이 텅 비어 버린 채 집으로 돌아와야 했다. 원치도 않았는데, 내 안에서 제멋대로 자라는 아이 때문에 몸이 무거웠다. 눈앞으로 일상의 모습들이 지나갔다. 승려들 주위에는 군중이 몰려 있었고, 쪼그리고 앉아 콩을 고르는 여자들, 노점상 앞에서 몸을 웅크린 채 향료를 파는 상인들이 보였다. 내 속은 바짝바짝 타들어 가고 있는데 어떻게 거리를 오가는 이 많은 사람들은 아무렇지도 않은듯 지낼 수 있는 거지?

장의 노점 앞을 지나가는데 그가 큰 소리로 나를 불러 세웠다. 외국인들은 좀처럼 그런 습관을 고치지 못했다.

나는 고개를 돌려 장 쪽을 보았다. 평온한 그의 얼굴을 보자마자 내 안에서 비명이 터져 나왔다. 그가 나를 끌어 가게 뒤로 데리고 갔다. 사람들은 미친 여자라도 본 것처럼 나를 힐끗거렸다.

얼마나 많은 시간이 지났을까. 나는 겨우 마음을 가라앉힐 수 있었다. 나는 완전히 정신 나간 사람 같았다.

흥분이 가라앉자마자 그대로 쓰러졌다. 그리고 조금 뒤 그에게 모든 이야기를 쏟아 내기 시작했다. 그와는 이전에도 많은 이야기를 나누었지만 정작 나는 그에 대해 아는 게 없었다. 오래전 쿠마리로 살았던 시절, 진흙탕에 빠져 허우적대던 시절, 그리고 내 안에서 자라고 있는 아이 얘기까지 모두 털어놓았다. 그는 나를 돕고 싶어 했다. 어떻게 하면 좋겠냐고 물었다. 나는 죽고 싶다고 말했다. 그러자 그가 이렇게 대답했다. 지금도 나는 그때 그가 했던 말을 잊을 수 없다.

"나하고 같이 프랑스에 가자. 결혼하자는 말이 아니야. 나를 사랑하라는 것도 아니고. 그냥 네가 스스로에게 다시 한 번의 기회를 주기를 바랄 뿐이야."

나는 그를 믿지 않았다. 어떻게 믿을 수 있을까? 나한테 또 무슨 일이 벌어지는 거지?

"아저씨는 왜 카트만두를 떠나려고 하죠? 왜 오랫동안 꿈꿔 왔던 이곳을 떠나 아무도 기다리지 않는 곳으로 돌아가려 하는 건가요?"

"널 위해서. 달리 설명할 방법이 없어. 그냥 그런 거야. 어쩌면 신들이 나를 너에게로 인도했는지도 모르겠구나."

널 위해서. 이 한마디가 그 후 2주 동안 내 머릿속을 떠나지 않고 웡웡거렸다. 내가 결정해야 할 순간이었다. 그의 말이 모든 걸 변하게 했는지도 모르겠다. 나는 누군가에게 맹목적인 숭배의 대상이거나 손님을 위한 도구 이상이었던 적이 없었으니까.

그리고 아기 문제도 있었다. 내가 아무리 발버둥 쳐도 아기는 필사적으로 나를 놓아주지 않았다. 임신했다는 것을 감추는 일이 점점 더 힘들어졌다. 손님들이 이 사실을 알게 되면 가네쉬한테 항의할 게 뻔했다. 너무 두려웠다. 공포에 사로잡힌 채 하루하루를 지냈다.

나는 장을 따라 프랑스에 가기로 결심했다. 두렵지만 아무것도 모르는 먼 나라로 가기로 마음먹었다. 지금까지 살아온 것보다 더 끔찍한 일은 일어날 수 없을 테니까.

장이 가네쉬를 찾아가 필요한 서류를 가져왔다. 달조차 보이지 않는 캄캄한 어느 밤에. 그는 그 자리에서 죽을 위험을 무릅썼다. 날 위해서였다.

나는 파슈파티나트 사원 뒤에서 장을 만났다. 눈물을 흘리며 그의 뒤를 따라갔다. 며칠 뒤, 나는 프랑스행 비행기에 올랐다. 짐이라고는 사리 한 벌과 쿠마리 때 입었던 옷 한 벌을 담은 가방이 전부였다.

나는 이 마지막 장을 잘게 찢었다. 기차 좌석을 딛고 일어나 창문을 열었다. 차가운 바람이 얼굴을 때렸다. 종잇조각이 바람에 흩날리는 것을 물끄러미 바라보았다. 절대 잊어버리지 않을 만큼 읽고 또 읽은 뒤였다.

사자니 할머니는 딸을 사랑했다. 그것만이 내가 기억해야 할 전부였다.

나의 뿌리, 가족

역에 도착하려면 아직 시간이 남았지만, 나는 무거운 가방과 털 외투를 든 채 전속력으로 달리는 기차 문 앞에 서 있다. 역을 지나칠까 봐 걱정이 됐다. 아니, 장 할아버지를 조금이라도 빨리 보고 싶었다. 그에게 마음속에 담아 둔 이야기들을 다 들려주고 싶었다. 사자니 할머니를 위해, 그리고 엄마와 나를 위해 그가 해 준 것들이 한없이 고마웠다. 그가 없었다면 어떻게 되었을까. 사자니 할머니에게 모든 것을 버리고 자기를 따라오라고 말하지 않았더라면…… 할머니는 어떻게 되었을까? 그리고 엄마는? 때로 아주 사소한 것들이 삶 전체를 통째로 뒤바꿔 놓을 수 있다는 생각이 들었다. 삶이란 참으로 불확실한 일인 것 같다. 누군가는 그것을 우연이라고 부를 테고, 누군가는 운명이라고 하겠지. 어쩌면 둘 다 같은 건지도 모르겠다.

어쨌든 빨간 스웨터의 장은 나의 할아버지, 멋진 나의 할아버지가 되어 주었다. 물론 유전적으로 따진다면 진짜 할아버지는 아니다.

하지만 나는 가족이란 DNA의 이중 나선형 구조와는 다른 어떤 것이라는 사실을 깨달았다.

할머니와 할아버지 집에서 처음 보내는 주말이다. 사자니 할머니가 새로운 인생의 첫발을 내딛은 그 집은 내게도 새로운 삶의 출발점이 되어 줄 것이다. 더 편안하고, 더 고요한 삶! 더는 이국적인 삶을 꿈꾸거나, 단순한 행운에만 기대지 않을 것이다.

엄마와 내가 손을 맞잡고 함께 나란히 걸어갈 수 있는 그런 삶을 꿈꿔 본다.

모든 것의 시작과 끝이 된 카트만두로 나를 데려다 줄 할아버지가 계신 삶을.

휴대 전화 화면을 확인했다. 이제 특별한 일이 없는 한 2분 후면 역에 도착할 것이다.

장 할아버지가 털모자에 회색빛의 커다란 외투를 입고, 플랫폼에 서서 나를 기다리고 계시겠지. 자동차는 여러 번 시도 끝에 겨우 시동이 걸릴 테고, 할아버지는 입김이 보이지 않을 때까지 히터를 세게 틀 것이다. 요컨대 이게 내가 상상하는 장면이다.

눈 덮인 들판을 십여 킬로미터 달리면 두 분이 살던 집에 도착할 것이다. 우리는 털모자와 부츠에 수북이 쌓인 흰 눈을 털어 낸 다음 소박하고, 따뜻한 집 안으로 들어가겠지. 벽난로에서는 타닥타닥 장작 타는 소리가 날 테고, 짙은 솔 향이 퍼질 것이다. 예전부터 벽난로 주위에 둘러앉아 소곤소곤 이야기를 나누는 꿈을 꾸곤 했는데.

네팔에서의 기억이 집에 남아 있을까. 사자니 할머니는 과거와 화해했을 것이다. 과거를 떠올리게 하는 모든 것과 맞서 싸워야 했던 엄마처럼 자신을 보호해야 할 필요를 느끼지 않았을 것이다. 어쩌면 벽에 성화 그림 양탄자가 걸려 있지 않을까? 바위 산 높이 아담하게 자리 잡은 마을 사진들, 탑 모양을 한 3층 지붕을 떠받들고 있는 탈레주 사원 사진도 있지 않을까? 어쩌면 향이나 카레 냄새가 배어 있을지도 모르겠다.

아니, 그렇지 않다고 해도 그곳에 있는 것만을 느낄 것이다. 어쨌든 그 어느 것도 나를 실망시키지 않을 테니까.

할머니 사진을 보고 싶다. 내가 아주 어렸을 때 볼 수도 있었을 주름진 그녀의 얼굴, 내가 사랑했을 그 얼굴이 보고 싶다.

어쩌면 그 얼굴에서 마침내 평안의 미소를 발견할 수 있지 않을까. 그랬으면 좋겠다.

할머니의 손때가 탄 물건들을 하나하나 더듬어 보고 싶다. 아주 오래전 그녀가 입었던 작은 사리, 그리고 지금은 머나먼 나라에서 또 다른 꼬마가 입고 있을 그 옷을 가만가만 만져 보고 싶다.

할머니 산소에 놓아둘 만한 것을 가져가고 싶었다. 편지도 준비했지만 편지를 소리 내어 읽어 드릴지 아니면 할머니 영정 사진 아래 놓을지 정하지 못했다. 그 순간에 마음이 이끄는 대로 해야겠다고 생각하고 있었다. 그런데 장 할아버지가 전화를 걸어 할머니를 땅에 묻지 않았다고 알려 주셨다. 불교 전통에 따라 화장을 했다고 했다. 할머니가 그렇게 하기를 원했기 때문이다.

그러고는 할머니가 어디에 있든, 그곳에서는 더 이상 혼자가 아닌 자신의 모습을 보고 행복해 할 거라고 말했다. 이제 더 이상 홀로 사자니를 기억하지 않아도 되고, 그녀의 재를 어디에 뿌릴지 혼자 결정하지 않게 되어서 말이다.

이제 우리는 한 가족이니까.

어느 날 내게
붉은 노트가

초판 1쇄 발행 2012년 12월 17일
초판 2쇄 발행 2016년 5월 18일

지은이 안느리즈 에르티에
옮긴이 정미애
펴낸이 한혁수

기획·편집 정은혜, 최미소, 박혜리, 강별
디자인 이이환
마케팅 김남원, 최혜정
제작관리 김남원

펴낸곳 도서출판 다림
등 록 1997. 8. 1. 제1-2209호
주 소 07228 서울시 영등포구 영신로 220 KnK디지털타워 1102호
전 화 (02) 538-2913 팩 스 (02) 563-7739
다림 카페 cafe.naver.com/darimbooks
전자 우편 darimbooks@hanmail.net

ISBN 978-89-6177-064-4 43860